集英社オレンジ文庫

千早あやかし派遣會社

長尾彩子

本書は書き下ろしです。

もくじ

千早妖怪派遣會社　005

九十九神《つくもがみ》と苺が入っていない苺大福　069

夏の怪異と動じない三人衆　125

猫又と帰らない御曹司　173

イラスト／加々見絵里

千早妖怪派遣會社

吉祥寺《きちじょうじ》駅公園口から徒歩七分
千早《ちはや》人材派遣會社《がいしゃ》　人事補助スタッフ募集
〈期間〉即日～長期　三カ月毎に契約更新
〈時間〉月～金　十七時～二十二時（休憩一時間）
　週三日以上勤務《きんむ》できる者
〈休日〉土日祝
〈時給〉二千円（交通費全額支給、まかないつき）
〈服装〉オフィスカジュアル（営業時はスーツ着用）
〈業務内容〉電話対応、来客応対、その他、派遣業務全般
〈連絡先〉電話番号　○四二二－○▲－●△■○
　所在地　東京都武蔵野市《むさしのし》吉祥寺南町《みなみちょう》……
　　担当責任者　千早紫季《しき》

学生生活課のドアの横。

腕組みしてアルバイト募集掲示板を見つめていた由莉《ゆり》は、その求人票に目をとめたとたん、刮目《かつもく》した。

（なにこれ、時給二千円!?　それも飲食店でもないのにまかないつき!?　なんで!?）

由莉は学生生活課のドアをちらりと見る。

友人の瑠奈《るな》が学生生活課で履修届《りしゆうとどけ》を提出するのを待っているところだったが、ドアから漏《も》れ聞こえてくる女子学生たちの声で、いま学生生活課が混みあっているということがわかる。

瑠奈はあと十分は出てこないだろう。

由莉はもういちど落ち着いて、『千早人材派遣會社』の求人票を見た。

（……ありえないぐらいの好条件だわ。応募しようと思っていた学習塾の講師でさえ、時給一六〇〇円と高時給ではあったけれど交通費の支給はなし、もちろんまかないなんかもなかったのに。うまい話にはなんとやらというけれど――）

学内に貼り出されている求人なら、怪しいアルバイトということもないはずだ。

（よし！）

由莉は小さなリボンつきのバッグからスマートフォンを取り出すと、さっそく千早人材派遣會社に電話をかけた。
通話中なのか、あいにくと電話の相手は出ない。
そこへ、
「由莉！」
学生生活課のドアが開き、瑠奈がパタパタと駆けてきた。
意外と早く履修届を提出することができたようだ。
彼女は同じ教養学部、人文学科、日本文学専攻の一年生、白石《しらいし》瑠奈。
名字が新藤《しんどう》の由莉とは出席番号が前後なので、先週の入学式では席が隣だった。
あの日、式がはじまる前にかわしたちょっとした雑談――
『はぁ、なんだか緊張しますねぇ』
『ね、ちょっとドキドキしちゃいますよね』
『あっ、あたしは白石瑠奈っていいます。お名前訊《き》いてもいい？』
『わたしは新藤由莉。席が隣どうしってことは同じ日本文学専攻だよね。よろしく』
こんな会話をきっかけに仲良くなり、現在に至る。
「やっと履修届出せたー。一年って必修科目多すぎ！　一限からの授業も多すぎ！」
「ね。でも第二外国語が必修なの、一年次だけでよかったね」

瑠奈はシラバスをバッグに押し込みながら「まあね」と唇《くちびる》を尖らせる。

由莉はそんな瑠奈をなんとなく見ながら、ふと気がついた。

「瑠奈。頭に蜘蛛《くも》がのっている」

「ぎゃあー！　とって！　とって！」

瑠奈は虫が大の苦手なのか、ホラー映画の人形のように激しく頭を振りはじめた。

由莉は瑠奈の髪についていた蜘蛛を素手《すで》でつまみ、遠くへ弾き飛ばした。

「もう。瑠奈ったら、大暴れするから髪の毛がぐちゃぐちゃになっちゃったじゃない。瑠奈、このドーリーウェーブをつくるのに毎朝一時間ぐらいかけてるんじゃないの？」

「ドーリーウェーブじゃないよぅ、ただの天パだよぅ……」

「あ、天パなんだ。タダでこんな可愛《かわい》い髪になるなんて、うらやましい」

「あたしは由莉のまっすぐな長い黒髪のほうがうらやましいけどな……」

瑠奈は由莉をじっと見ると、「それ以前に」と由莉の頬《ほお》をぱっと両手で包みこんだ。

「しれっとして可愛いのがずるい！　色白だし、華奢《きやしや》だし、睫《まつ》毛《げ》なんてお人形さんみたいに超長いし、あたしみたいに黒目拡大コンタクト入れてなくても黒目がちだし、唇なんかグロス塗らなくたって常に透明赤《とうめいあか》でつやつやしてるし、それに、それに――」

瑠奈はほっぺたを紅《あか》くしながら並べ立てると、最後に恨《うら》みがましくぼそりと呟《つぶや》いた。

「特待生で、頭まで良いなんて！　くそー、天は二物も三物も与えてるじゃん！」

「そんなことないよ」

瑠奈いわく人形のような顔に似合わず、由莉はやさぐれたような笑みを浮かべた。

（顔は良くも悪くも生まれつきとして、わたしの頭が良いのは、天賦《てんぷ》の才じゃない。わたしが血の滲《にじ》むような努力をした結果よ！）

すべては、奨学金《しょうがくきん》を得るために！

由莉の家は、超弩級《どきゅう》の貧乏なのだった。

――しかしながら、と由莉は思う。

（わたしは貧乏だけど可哀相《かわいそう》な貧乏人というわけでもない。太く明るく生きてるからね）

あたしも由莉みたいな子に生まれたかったー！　をなかば本気の様子で連呼する瑠奈をなだめて、由莉は「とりあえず外に出よう」と促《うなが》した。

学生生活課のある二号館を出て、桜の降りしきる構内を正門に向かって歩いていく。

その間、すれ違うのはことごとく女性だった。

東京は杉並《すぎなみ》区。

善福寺《ぜんぷくじ》公園のほど近くに所在するこの大学は女子大学なのだ。

大学院のほかに付属校を持たないため、キャンパスにいるのは院生を含めても、十八歳から二十七、八歳くらいまでの可憐《かれん》でまじめそうな女子ばかり。

真っ白なチャペルから、礼拝の時刻を告げる鐘《かね》が鳴った。

プロテスタントの精神に基づくこの大学では、毎日、一限と二限の間の長めの休み時間に礼拝がおこなわれていた。

礼拝は義務ではないので、由莉と瑠奈はすでに帰路についている。

今日の一限は教授の自己紹介とシラバスに関する説明のみで、授業は早々に切り上げられたのだった。

「そういえば由莉は、サークル決めた？」

正門付近では、入学式から一週間近く経ったいまもサークルの勧誘がおこなわれていた。インターカレッジのサークルも少なくないので、男子学生の姿もちらほら見られる。

「うん。児童文学研究会。見学に行ったら、ゆるそうな雰囲気がよかったの」

「ふうん？　文化系はノーチェックだったけど、それってどんな？　インカレ？」

「文化祭のときに部誌を作ったり、水曜日のお昼休みに部室に集まって、みんなでお弁当食べながら本について議論するサークルみたい。インカレじゃないよ」

「えーっ！　由莉、可愛いのに女子大なんかでくすぶってたらもったいないよー！　由莉もテニスサークル入りなよー。T大とW大のインカレだよ！　高学歴男子だよ！」

「うん、でもわたし、ラケットとか買う金ない。全財産いま四百円ぐらいしかない」

瑠奈は一瞬まばたきをしてから、「うっそだぁ～！」と、ころころと笑い出した。

「だって由莉、服装からしてお嬢様じゃん」

「ああ、これ？」と由莉は自分の格好を見おろした。

ボウタイがついたブラウスに、春の花のようにふわふわとした膝丈《ひざ》のフレアスカート。今日は少しだけ肌寒いので、小さなリボンがあしらわれた、フェミニンなジャケットも着ている。

「これ全身コーデで二千円しないよ」

「ええ～!?」

瑠奈は日曜日の夕方にやっている国民的アニメの主人公の旦那《だんな》のような声をあげた。

「ほら、ことごとく生地がペラッペラでしょ。洗濯するたびにぐしゃぐしゃになるけど、わたしアイロンかけるの得意だから、気にしない。破れるまで着続けてやるわ」

お嬢様ぶっているわけではなく、可愛くて清楚な服は、単に由莉の好みなのだった。

家では昔、近所のおばさんからもらった毛玉だらけの真っ赤なジャージを着ているが、外に出るときはリボンやレースがあしらわれたワンピースやブラウス、スカートを着ることが多い。

前述のとおり、どれもこれもペラッペラ素材なので、お気に入りのワンピースもスーパーで一着九八〇円の激安品だったのだが、傍目《はため》にはわからないらしい。

「でもでもっ、由莉のお父さん、大学教授でしょ？」

「まぁそんなかんじだけど、学者ってのは貧乏なもんだよ」

確かに由莉の父親は、理系の大学で教鞭《きょうべん》をとっている。

非常勤講師で薄給《はっきゅう》な上、お給料の大半を自分の研究に費《つい》やしてしまうため、新藤家は常に困窮《こんきゅう》していた。

だが由莉は特に父を恨んではいなかった。

幼い頃に亡くした母の代わりに由莉のために毎日一生懸命もやし炒めを作ってくれたし、お金がなくて予備校や塾に通えない由莉が理科や数学で困っていたときは、勉強を見てくれたりもした。

（お父さんには感謝してるんだ。わたしももう十八歳で大人だし、大学に入ったのを機に、学業に支障が出ない程度にアルバイトをして、家計を支えていかないとね）

とまじめに考えたとき、さっきの『千早人材派遣會社』のことが頭をよぎった。

気づかないうちに折り返しの電話が来ていなかっただろうかとバッグからスマートフォンを取り出していると、瑠奈が横から画面を覗《のぞ》きこんできた。

「なになに、彼氏から電話でもあった？」

「いや違う。そもそも彼氏がいない。そうじゃなくて、わたし、派遣会社でアルバイトしようと思ってて。さっき電話してみたけどつながらなかったから、いま連絡待ちなの」

「は、派遣会社ぁ？　なんでまた、そんなめんどくさそうでストレス多そうな仕事……。由莉なら頭いいんだから、学習塾の先生とか家庭教師になれそうじゃん。まぁ子供や保護者を相手にするのもそれはそれですっげーストレス溜《た》まりそうだけど」

「学習塾や家庭教師も考えたんだけどね。わたし教職課程とってるし、もしかしたら将来的に学校の先生になるかもしれないでしょ。でもだからこそ、その前に教育系以外の仕事もしてみたいなぁと思って。わたし、人と接するのは苦じゃないんだ」

人は人によって生かされている。

それは由莉がたびたび身にしみて思うことだった。

たとえば、父とふたりで暮らす事故物件のボロアパートの大家さん。

彼女は家庭菜園が趣味で、昔なにか事件があったという部屋に住む新藤父子《おやこ》にキャベツやトマト、ナスなどの野菜をよく恵んでくれる。事故物件価格の異常に安い家賃ですら、父子が数カ月にわたって滞納しているにもかかわらず、だ。

それから、塾に通えない由莉に放課後、延々と勉強を教えてくれた高校時代の恩師。

パンの耳が出ると、わざわざ「取りに来な」と電話してきてくれる近所のパン屋さん。母がいない切なさや、生活苦でわけもなく悲しくなったときに支えてくれる友人たち。

貧乏はつらい。

我慢我慢の連続だ。

風邪程度では病院にも行けない。

奨学金のために、良い成績を維持し続けなければならないという重圧もある。

食べるものといえば、バナナと魚肉ソーセージともやしと卵が定番だ。

これは貧乏人の宿命なのだ。

貧乏人は由莉に限らず、かならずその四品を常食する。

それすらもなく空腹で死にそうなときは、牛乳か豆乳、あるいは白湯《さゆ》を飲んで無理やり満腹にする。

それでも雨露《つゆ》をしのぐ宿があり、勉強する環境があり、精神的に折れずにここまで生きてこられたのは、恩師や近所の人々、友人たちの支えがあったからだった。

だから――

「わたしはまだまだ世間知らずの蛆虫《うじむし》だけど、大学を卒業したら、人の支えになる仕事につきたいと思っているの。だからいまからアルバイトで職務経験を積んでおけば、就活のときにちょっとはアピールポイントになるかなって」

言い終えてから、由莉はちょっと語りすぎちゃったかな、と紅くなった。

けれど瑠奈は思いのほか真剣な表情で由莉の話に耳を傾けていてくれた。

「超えらいよ由莉、蛆虫どころか夏虫じゃん。飛んで火に入る夏の虫！」

夏虫って……と由莉が頬をひきつらせたとき、手の中でスマートフォンが振動した。

液晶画面には、連絡先を登録したばかりの《千早人材派遣會社》という文字が出ていた。

アルバイト採用の責任者が留守電を聞いて、折り返してきてくれたのだろう。

「あ、ちょっと出ていい？」

「うん、どーぞどーぞ」

由莉は鼓動を抑えつつ、できるだけ落ち着いた声で「はい」と電話に出た。

ザザー……。

混線しているのだろうか。

ノイズがおさまると、電話の相手の青年が言った。

『こちらは新藤由莉さんの携帯電話でよろしいでしょうか。先程はお電話をありがとうございました。千早人材派遣會社の千早と申します』

「は、はい。新藤です」

『面接をご希望とのことで、承《うけたまわ》りました。つきましてはぜひご来社いただきたいのですが、お日にちのご希望はございますでしょうか』

「わたしは十七時以降でしたら、平日でも休日でもいつでも結構です！」

由莉は即答した。

由莉の『わたしやる気ありますアピール』はすでにはじまっていた。

そんな様子が可笑《おか》しかったのか、電話の向こうで千早がくすりと笑う気配がした。

『ありがとうございます。それではさっそくですが、本日の十九時はいかがでしょうか』

「はい。大丈夫です」

『それでは十九時に。千早人材派遣會社でお待ちしております。失礼致します』

「はい、よろしくお願い致します。失礼致します」

向こうが電話を切るのを待って、由莉も通話を終了するボタンを押した。

「瑠奈、わたし今夜面接することになったから、ちょっといまからすっ飛んで帰って履歴書書いてくる。じゃあ！」

「行動早！」

「善《ぜん》は急げって言うでしょう。思い立ったら即行動だよ！」

由莉はスマートフォンをバッグに押し込むと、歩調を早めながら瑠奈に手を振った。

「じゃあね、瑠奈。また明日」

「うん、行ってこい行ってこい。あがらないようにリラックスだよー。ファイトー」

「うん、ありがとう！　瑠奈もサークルでイケメン捕まえておいで！」

「イケメンじゃなくて高学歴男子だってば！」

瑠奈のどうでもいい訂正を聞きながら、由莉は正門を出て走った。


由莉が善福寺公園の近くにある女子大を進学先に選んだのは、交通費を節約するためだった。

由莉は西荻窪《にしおぎくぼ》に住んでいるので、大学までは自宅から徒歩二十分くらい。近いともいえないが、由莉の脚力ならば自宅から余裕で歩いていける距離だった。

いまにも崩れ落ちそうな木造のボロアパートに帰ると、頬のふっくらとした、優しそうなおばさんがアパートの前をせっせと箒《ほうき》で掃《は》いていた。

このアパートの大家さんである。

「こんにちはー！」

由莉がにこやかに挨拶《あいさつ》すると、大家さんは箒を動かす手をとめた。

「あら由莉ちゃん、お帰りなさい。あっ、そうだ。さっきうちの家庭菜園でじゃがいもを収穫したのよ。よかったら少し持っててってくれる？」

「えっ、いいんですか⁉　喜んで！」

由莉は大家さんが住む一階の一室についていき、段ボールにいっぱい入ったじゃがいもをもらった。

由莉は大家さんにお礼を言って挨拶すると、ほくほく顔で二階へと続く階段を上った。

（嬉《うれ》しい。じゃがいもの良いところは、なんといっても過熱してもビタミンCが壊れにくいってところね。今日からお父さんとふたりでじゃがいも祭だわ）

肉の入っていない肉じゃがに、じゃがいもだけのポトフ、じゃがバター。

今夜のごはんをなににしようかと考えながら、昼でも薄暗いボロアパートの廊下を歩く。

二階の短い廊下の突き当たりが、昔なにかあったという事故物件の由莉の家だった。

父はまだ帰宅していないはずだが、ドアを開けた瞬間、部屋の奥から人のすすり泣くような声がした。

しかしこういうことは、この部屋ではよくあることだった。

由莉はじゃがいもの入った段ボールを両手でかかえ直すと、開けたドアを可愛いパンプスを履《は》いた足で固定して、玄関に段ボール箱をおろした。

すすり泣く声はまだ続いているが、放っておけばいつも十分ぐらいでおさまる。

可哀相だが、由莉にはどうしてやることもできなかった。

実は、由莉はわりと頻繁《ひんぱん》に幽霊《ゆうれい》や妖怪の姿を視《み》たり、声を聞いたりする。

父には視えないようなので、おそらくは母か先祖の誰かに似たのだろう。

しかしお祓《はら》いだとか除霊をすることはできないのだ。

だからいつかお金持ちになったら、テレビに出ているような有名な霊能力者を呼んで、すすり泣く幽霊の魂《たましい》を救ってやることができればと思う。

それよりも迷惑なのはこの家に出る別の男の悪霊だった。

よく夜中に襲《おそ》いかかってきては首をしめてくるので、由莉はそのつどグーでパンチして撃退しなければならなかった。

（いまはそんなことよりも！）

由莉は狭い部屋の勉強机の前に腰かけると、さっそく履歴書を書きはじめた。

一部屋しかない家だが、父とふたりで暮らすのにさほど不都合はなかった。

研究熱心な父は大学の研究室に籠《こ》もりきりで、いつも帰るのは由莉が寝静まってからなのだ。

「できたー！」

優等生らしい達筆な文字で履歴書を書き埋めた由莉は、それを封筒に入れてバッグに押し込むと、はりきって面接に向かった。

総武線《そうぶ》で自宅の最寄りの西荻窪から吉祥寺まで向かう二、三分のあいだに、由莉は履歴書の最終確認をした。

志望動機の欄《らん》は、我ながら短時間でよく頑張って書いた。

吉祥寺駅に着くと、由莉は公園口の改札を出た。

大型の商業施設の角を曲がり、七井橋《ななゐばし》通りを南に向かってまっすぐ歩いていくと、井《い》の頭《かしら》公園がある。

通り沿いには、クレープ屋さんやホットドッグのお店、古着屋に古い珈琲《コーヒー》店など個性的な店が軒《のき》を連ねている。

間もなく午後六時半になるが、お花見の時期なので、通りは若い学生や仕事帰りの会社員たちの姿で賑《にぎ》わっていた。

求人票に記載されていた地図によると、千早人材派遣會社はこの近くにあるようだ。

公園を抜けるとすぐに三鷹《みたか》市になってしまうので、公園に入る手前で角を曲がる。

公園は桜が見頃だったが、由莉は面接を控えて景色を楽しむ余裕もなく、スマートフォンに保存した地図の写真と前方とを交互に見ながら、閑静《かんせい》な住宅街を歩いた。

「武蔵野市……吉祥寺南町……」

武蔵野市の井の頭公園付近一帯を指す南町とか御殿山《ごてんやま》といえば、吉祥寺の高級住宅地として有名である。

建築の様式は和洋さまざまだが、いつ訪れても見事な豪邸《ごうてい》ばかりが建ち並んでいる。

そろそろ会社が見えてきても良い頃合なのだが……。

（わたしとしたことが。迷ったかもしれない）

どうも先程から同じところをぐるぐると回り続けているような気がするのだ。

スマートフォンで時刻を確認すると、午後六時四十四分。

面接の時間に遅れるかもしれないと、そろそろ連絡を入れるべきだろう。

立ち止まって、アドレス帳をひらいたそのとき。

（……あれ？）

由莉はまばたきをした。

いままさに通り過ぎようとしていた大きな家と家とのあいだに、稲荷《いなり》神社で見るような朱色の鳥居が忽然《こつぜん》と姿を現したのだった。

普通の鳥居と異なるのは、高さが九十センチメートル程度しかないという点である。

その向こうには白い築地塀《ついじべい》に挟まれた、細くて長い道が続いていた。

道の先は暗くてよく見えないが、まっすぐな一本道であることは間違いなさそうだ。

なぜいままでこんな不思議な道を見逃していたのだろうかと、由莉は疑問に思った。

それに、変だ。

吉祥寺という町は、端から端まで平安京《へいあんきょう》のように道が碁盤目《ごばんめ》状に整備されている。

だからこんな風に曲がり角のひとつもない長い一本道は、めずらしい。

道の両脇には等間隔に石灯籠《いしどうろう》が置かれている。

石灯籠には明かりが入っていないが、ほかに街灯らしいものが見当たらないので、しばらくしたら灯《とも》るのかもしれない。

（地図だと、会社はこの通りにあるみたい。……どうりで辿りつかなかったわけだわ）

すでに日は暮れて、あたりは暗くなりはじめていた。

この道は私道なのだろうか。

アスファルトで舗装《ほそう》されておらず、地面には白い玉砂利《じゃり》が敷《し》き詰められていた。

それが昇ったばかりの月明かりを受けてぼうっと光っている。

勝手に立ち入ってよいものかどうかわからなかったが、面接の時間が迫っている。

由莉は決心した。

身を屈《かが》めて鳥居をくぐると、参道のような道に一歩、足を踏み出した。

とたん、ふつ、と一切の音が消えた。

雪が降る夜のように、きぃんと耳が痛くなるような静寂《せいじゃく》に包まれた。

変だ……と由莉はまた思った。

目と鼻の先の公園はいまごろ夜桜見物の酔っ払いで賑わっているはずなのに、物音ひとつ、人の声ひとつ聞こえてこないのはおかしい。

由莉は言いようのない不安に襲われて、背後を振り返った。

暗闇の中で丹《に》塗りの鳥居だけが鮮やかに浮かび上がっている。

不気味《ぶきみ》といえなくもない光景だったが、由莉はほっとしていた。

鳥居の向こうに見える景色は、まぎれもなく由莉が通ってきた住宅地だった。

ところが再び前を向いたとき、由莉はぎょっとした。

石灯籠に明かりが灯ったからだ。

一斉に灯ったのではない。道の奥へ奥へと由莉をいざなうように、手前の一対《いっつい》の灯籠から、ポッポッと、順々に……。

平安京の復元模型で見るような、白く長い築地塀が薄赤く照らされた。

暗がりからなにか出てきそうなおどろおどろしい空気が立ち籠める。

だが間もなく面接の時間になるのだから、怯《おび》えている暇はなかった。

由莉は道の奥に向かって歩きだした。

灯籠が照らす道は袋小路になっており、百メートルばかり行ったところで、由莉はようやく一軒の御殿《ごてん》に突き当たった。

御殿——そう、そこはまさに御殿と称するべき、和洋折衷《せっちゅう》の大豪邸だった。

透かし細工の施《ほどこ》された門は、由莉が通う大学の正門ほどの高さと幅がある。

門は全開になっているにもかかわらず、守衛さんの姿ひとつなかった。

セキュリティー会社のマークも見あたらない。

普通に考えれば不用心だが、泥棒が入りそうだとは思わなかった。

屋敷にはなにか人を寄せ付けない、もののしさがあったのだ。

由莉が住んでいる事故物件とはまた違った近寄りがたさだ。

公園から風に流されてきたのだろうか。桜の花片《はなびら》がちらちらと闇を舞っている。

花の紅《あか》は朧夜《おぼろよ》の中で妙に冴え、鮮血のような凄味《すごみ》を帯びていた。それが間断なく降りかかるので、巨大な門はぽかりと口を開けて獲物を待ちかまえる怪物のようにも見えた。

会社というような雰囲気ではなかったので由莉は引き返そうとしたが、回れ右しないうちに、門前に真鍮《しんちゅう》製の看板が立ててあるのを発見した。

鈍く光る銀の盤面には、間違いなく《千早人材派遣會社》と書かれている。

(……わたしとしたことが。ちょっと怖がりすぎね)
由莉は自分を励ましつつ、門の奥に佇《たたず》む邸宅を見上げた。
少し欠けた月を背景に、白い壁に黒い木組み模様の屋敷が静かに佇んでいる。
玄関の軒下には雪洞《ぼんぼり》のような灯りが吊《つ》るされて、弱々しい光を放っていた。
(時給二千円、交通費全額支給、まかないつき)
怖がっている場合ではなかった。
貧乏人の度胸と根性を舐《な》めてはいけない。
由莉はよし、とひとりで頷くと、門を通過して、玄関扉に向かって歩き出した。
ふっと上空が翳《かげ》る。
月が雲に覆《おお》われたのだ。
足もとを照らすのはいよいよ玄関の明かりばかりになった。
——飛んで火に入る夏の虫!
絶妙なタイミングで瑠奈の言葉を思い出した。
妖《あや》しく揺らめく雪洞の灯《ひ》が、だんだんと誘蛾灯《ゆうがとう》のように見えてきた。
だがここで逃げたら自分は永遠に貧乏だ。もやし生活だ。家賃滞納者だ。
由莉は自分に言い聞かせ、玄関扉の前に立った。

両開きの扉は黒く美しい艶《つや》を帯び、蔦《つた》模様のような細かな彫刻が施されていた。

ところが肝心のインターホンが見あたらない。

(インターホン。インターホンはどこ?)

玄関前をうろうろしていると、扉の左手に、ブロンズ製の二体の狐《きつね》の像を発見した。

まさかこの像になにか仕掛けが施されているのではないかと様々な角度から観察していると、観音《かんのん》開きの玄関の扉がいきなりギイィ……と音を立てて開いた。

由莉が脊髄《せきずい》反射のように振り向くと、雪洞の下に長身の男が立っていた。

由莉は平均身長の上、ヒールが五センチのパンプスを履いているのに、それでもなお彼のほうが背が高いのだから、靴を脱いだら結構な身長差が出るかもしれない。

明かりのもとでも薄暗く、男の顔はよく見えなかった。

ただ夜の雪のように、肌の蒼《あお》白さが際立っていた。

「呼び鈴はないんです。お電話をした際に申し上げておくべきでしたね」

開いた扉を片手で押さえながら、男は言った。

由莉が茫然《ぼうぜん》と突っ立っていると、男は静かに扉を閉めた。

夜目にも明らかな白い指が扉についた金具に絡み、コン、コン、と扉を叩いてみせた。

半月形のそれを由莉は先程目にもとめなかったが、ドアノッカーだった。洋画で見たことがある。

そしてそれがインターホン代わりなのだということも、同時に理解した。

由莉は男の視線がこちらに向けられた気配を感じて、慌《あわ》てて頭を下げた。

「わたし、七時から面接のお約束をしている新藤由莉です」

由莉はバッグから履歴書を取り出しつつ、続けて言った。

「担当の千早さんにお取り次ぎ……」

「私が代表取締役の千早です。お待ちしておりました、新藤由莉さん」

言われてみれば電話の声と同じだった。

千早と名乗った男は由莉の手からそっと履歴書を受け取ると、扉を開けた。

「どうぞ、中へ」

由莉は緊張した足どりで千早のほうに近づいていった。

彼が社長というだけで、すでに面接がはじまっているような気分になる。

千早の前を通り過ぎたとき、香水とは異なる、水仙《すいせん》にも似た清らかな香りがふわりと漂《ただよ》った。

この人が纏《まと》う香りなのだと少し遅れて気がついた。

由莉が玄関ホールに入ると、千早は扉を閉めた。

するると明かりひとつなくなって、あたりは真っ暗闇に包まれた。

「お履物《はきもの》はそちらの棚に」

「すみません、あの、暗くてなにも見えなくて……」

由莉が言うと、千早は気がついたように「ああ、申し訳ない」と言った。

「……純粋な人間は夜目が利《き》かないのだったか……」

ぼそりと呟かれた独り言《ひとりごと》に、……えっ？　と訊き返す間もなく、ぱっと玄関ホールが明るくなった。

……不思議な空間だ。

ボール型の天井灯はアール・デコ調なのに、白い壁面には別室に通ずる杉戸《すぎと》があり、障子《しょうじ》があり、山水画がかけられている。

履物入れの上に置かれた花器には、桜の枝と小ぶりの紅椿《べにつばき》が生けてあった。

由莉はパンプスをきちんと棚に収めてから顔を上げた。

そしてそのときはじめてまともに千早の姿を見たのだった。

姿勢よく立ち、頭ひとつ分高い位置から由莉を見下ろしてくる千早は、由莉と同じ歳《とし》くらいか――せいぜい童顔の二十五歳くらいの若者に見えた。

それも鼻筋が通り、瞳《ひとみ》の澄んだ、艶《あで》やかな美貌《びぼう》の青年である。

頬は生まれてこの方いちども日にあたったことがないくらいに蒼白く、わずかに癖のある猫っ毛は艶《つや》のある黒。

美形というよりは美人と評したほうがしっくりくるような、中性的な顔立ちだった。

それでもどこか冷たい印象を覚えるのは、こちらを見つめる目に光がないせいだろうか。花の色を移したように艶《あで》やかな、造りのよい唇には人好きのする柔らかな笑みさえ刷《は》かれているのに、目が、あまり笑っているように見えなかった。

いや、目もあるが、服装だ。

彼は真っ黒なスーツに真っ黒なネクタイを締《し》めていた。

白いのはシャツだけで、喪服姿のように全身黒づくめだったのだ。

「こちらへ」

千早は雛飾《ひなかざ》りに敷かれているような、緋毛氈《ひもうせん》に覆われた廊下を歩きだした。

家の中はだいぶ広そうだった。

日本庭園に面した、入側《いりかわ》と呼ばれる濡《ぬ》れ縁《えん》と座敷の間の縁側を千早のあとに続いていくと、彼は青松に鶴《つる》が描かれた襖《ふすま》の前で立ち止まった。

襖が開かれて、由莉の目の前には大正レトロな洋間が現れた。

部屋の中央には飴《あめ》色の大きな長方形の洋机がしつらえられており、その左右に椅子《いす》が四脚ずつ、机を挟んで向きあうように配されている。

天井からは、鈴蘭《すずらん》型の照明器具が下がっていた。

ここが仕事場なのだろうか？

全席にパソコンが計八台置かれていた。

ほかにも何人か社員はいるのだろうが、この時間帯に勤務する社員は千早しかいないのかもしれない。

部屋の奥にはさらに、紅梅に鶯《うぐいす》の絵が描かれた襖があった。

その襖はぴたりと閉ざされていたが、千早がそちらに向かうので、由莉も黙ってついていった。

「こちらが夕刻からの仕事場になります。どうぞ、お好きな席におかけください」

千早はそう言うと、梅に鶯の襖を開け放った。

(朝と夜で仕事場が分かれるの？　……というか、ここが仕事場……？)

促されるままに入室した由莉は、いくぶんか戸惑った。

違《ちが》い棚《だな》があり、床《とこ》の間《ま》があり――室町時代の書院造りを模したような部屋の中央には、小さな四角い机と、椅子が四脚置いてある。

そこだけ切り取ってみれば小さな事務所の仕事場風といえないこともないだろう。

しかしそう奥行きのない、こぢんまりとした和風の部屋は、会社というよりは……骨董《こっとう》店か、もしくは古い蔵のようだった。

人材派遣業にはおよそ関係のなさそうな物がところ狭しと置かれているのだ。

天井からは丸い和紙張りの照明器具のほか、色とりどりの縮緬《ちりめん》でできた吊るし雛が、簾《すだれ》のように下がっていた。

金魚に扇、犬張子《いぬはりこ》。鼓《つづみ》に独楽《こま》に、鯛車《たいぐるま》。鳩笛、桜、雪うさぎ。

一見なんの関連性もないとりあわせに見えるけれど、すべて日本の縁起物である。

白漆喰《しっくい》の壁には彩色《さいしき》の美しい、雪月花《せつげつか》に鳥が戯《たわむ》れる絵が三枚続きで飾られていた。

その横には黒い木組みを隔《へだ》てて、狐面、天狗《てんぐ》面、能面に般若《はんにゃ》の面などがずらりと並ぶ。

桐の棚には、朱の鮮やかな加賀手毬《かがてまり》、金扇《きんせん》、藤《ふじ》の花房《はなぶさ》にも似たつまみかんざし。

銀の細工の八稜鏡《はちりょうきょう》、薄紅色の水晶のうさぎ。

黒い蓋《ふた》と紅椿の絵が艶《あで》やかな花手箱《はなてばこ》、黄金《きん》の房飾《ふさかざ》りがついた漆《うるし》塗りの貝桶《かいおけ》。

また別の棚には蝶《ちょう》や花の色絵皿、瑠璃《るり》の香壺《こうご》、花の衣をまとったきらびやかな御所人形《ごしょにんぎょう》
——などが整然と置かれている。

(なんなの、この部屋は……)

由莉は困惑しつつもついつい部屋の様子に見入ってしまったが、桐簞笥《だんす》の上。

硝子《ガラス》のケースの中に入っている羽子板がふいに由莉の目を引きつけた。

着物姿の少女の押絵《おしえ》の羽子板だ。

絹でできた少女の肌は触れてみたくなるほど滑らかそうで、唇は血の色を透かしたように紅く、かすかに鬢《びん》のほつれた島田髷《しまだまげ》がやけになまめかしい。

まるで生きているようだ……。いまにもあえかな吐息を零《こぼ》しそうな気配がする。

知らず、由莉がケースに手を伸ばしたときだった。

「硝子越しでも触らないほうがいいですよ。それには強烈な怨念《おんねん》が籠もっていますから」

いきなり千早に声をかけられて、由莉はビクッとして手を引っ込めた。

「怨念……？」

千早のほうを見ると、彼は由莉のために椅子をひとつ引いて、待っていてくれた。

「驚かれたでしょう。実は私の実家は神社で、その話を聞いた方から、よく憑《つ》き物落としなんかを依頼されるんです。いわくつきの品が次々と持ち込まれるのでなかなかお祓いが追いつかなくて、こんな有様に。ほとんどは無害なものですからご安心くださいね。その押絵も触ったら指にささくれができる程度です。……さあどうぞ、おかけください」

千早の言葉は由莉をさらに動揺させたが、ひとまず由莉は着席した。

静まりかえった蔵……ではなく部屋をそっと見まわしてみる。

いわくつきなどと言われたら、悪霊をグーでパンチできる由莉でも、さすがに不気味なものを感じた。

(でも時給二千円、交通費全額支給、まかないつきだし……)

ささくれぐらい受けて立ってやんよ!

由莉はさっさと気持ちを切り替えた。

(それよりも、千早さんのご実家が神社で、霊感がある人だとは思わなかったわ)

千早は由莉の向かいの席に座ると、口を開いた。

「さて、本日、新藤さんには面接ということでご足労《そくろう》いただいたわけですが……」

千早がさっそく切り出したときだった。

『助けてくれぇ～』

襖が開放された小部屋の入り口から、か細い声が聞こえてきた。

由莉が見ると、そこには耳の垂れた白兎が鼻を押さえ、二本足で立っていた。

由莉は夢や幻覚を見ているわけではなかった。

自宅の事故物件の幽霊しかり、由莉もまた幽霊や妖怪に慣れた体質だったのだ。

兎が妖怪であることは一目でわかった。

リアルな兎ではなく、子供向けのアニメにでも出てきそうな老いぼれた兎なのだ。

由莉が兎を若者ではなく高齢者だと判断したのは、目がふさふさの長い眉毛に覆われていたからである。

由莉はひとりでいるときしか妖怪と遭ったことがない。

子供のとき、家や学校で妖怪の話をしたら、父親には感受性の豊かな子だと褒《ほ》められ、子供からは天然キャラという負の烙印《らくいん》を押された。

妖怪が自分の傍《そば》にひょこひょこやってくるのは普通のことではないのだともう知っているから、誰かと一緒にいるときは、視えないふり、聞こえないふりをするに限る。

でも。

（わたしより先に千早さんのほうがオカルト発言をかましたんだから、お互い様よね）

由莉は開き直って席を立つと、兎のもとに歩いていった。

「どうされたのですか？」

と由莉が兎の前に屈んで、兎と視線の高さを合わせて訊くと、

「鼻にお怪我《けが》でも？」

千早が言った。

驚いて振り返ると、千早は席に着いたまま、普通の顔で白兎を見ていた。

由莉ではなく、確かにその視線は白兎の鼻のあたりに据《す》えられていた。

「あ、え、千早さんもやっぱりあの、これがお視えになるのですか？」

「もちろん視えますよ。実を言うとここも夕方からは妖怪《あやかし》派遣會社になるくらいですし」

「えっ？　すみませんいまちょっとよく聞き取れなくて。なに派遣會社ですか？」

「妖怪派遣會社。弊社《へいしゃ》は八時半から十六時半までは社員数六名から成る人材派遣會社ですが、十七時以降は裏稼業として私がひとりで妖怪派遣業をおこなっているんです。ですから今回の求人では、新藤さんには裏稼業のほうをお手伝いいただくことになります」

「えーと、えーと……妖怪？」

「はい。それとは別に、私はいわくつきの骨董品のお祓いや、その他ちょっとした妖怪のためのよろず相談を趣味の範囲でおこなっているんですよ。……ああ、話が逸《そ》れてしまいました。それでお話の続きですが、妖怪は幽霊と違い、霊力の有無にかかわらず誰にでも視えるんです。ただ妖怪も警戒心が強く、姿を見せる人間を選ぶので、妖怪を絵物語でしか見ないまま一生涯を終える人間もいます。むしろそちらのほうが大多数——」

千早が言いさしたとき、白兎が申し訳なさそうに口にした。

『あの、お取り込み中みたいだけど、わし、そろそろ自己紹介してもいい？』

「どうぞ」

千早は動揺する由莉よりも、白兎を優先させてしまったようだ。

『白兎の因幡《いなば》じゃ。神話の《因幡の白兎》ではないぞ。因幡って名字の兎なの。そんで、ついさっき井の頭公園の桜の木から落っこちて、このザマじゃ』

因幡は鼻から手を離した。

すると丸い鼻には、小さなすり傷ができていた。

「知人に妖怪を診《み》る医師がいるので、よろしければご紹介致しますが」

『玉兎堂《ぎょくとどう》診療所じゃろ。行ったけど休診日じゃった。黒護摩《くろごま》一羽つかまらなんだ』

「あの家の子供たちと黒護摩は、診るに値しない患者にはよく居留守を使いますよ」

『そんなぁ』

玉兎堂診療所？

黒護摩？

由莉の頭の上を知らない単語が飛び交っている。

ふたりの会話についていけない由莉は、千早と因幡をかわるがわる見ることしかできなかった。

因幡は再び困ったように鼻を押さえている。

千早が小さくため息をついた。

「新藤さん、申し訳ないのですが、少々お待ちいただいてもよろしいでしょうか」

「はい」と由莉が頷くと、千早は席を立ち、部屋を出て行った。

トン、トン、トン……と階段を上る音がする。

千早は二階になにか取りに行ったのだろう。

黙っているのも気まずいので、由莉は因幡に話しかけた。

「桜の木に登るなんて、なにかのっぴきならない事情でもおありだったのですか？」

『花見客が連れてきていたトイプードルに追いかけられたんじゃ』

「お気の毒に。愛玩犬でも犬の祖先は狼《おおかみ》ですから、兎は近寄らないほうがいいですね」

「なにかトイプードルを怒らせるようなことをしたのでは？」

いつの間にか救急箱を片手に持った千早が戻ってきていた。

『人聞きの悪い。わしはお弁当箱の中からおにぎりを一個かすめとっただけじゃ』

千早はぷんすか怒る因幡の背中の肉をつまみあげると、椅子の上に置いた。

それから千早は救急箱の蓋を開け、スプレータイプの消毒液を取り出した。

キャップを外し、「沁《し》みますよ」と前置きしてから因幡の鼻にひと噴きする。

『あっ、目に入った！』と文句を言った因幡を無視して、千早は因幡の鼻に絆創膏《ばんそうこう》を貼りつけた。

「これで大丈夫でしょう。外は暗いですから、帰り道はお気をつけて」

千早は因幡を早く帰したい様子だったが、因幡は空気を読まなかった。

『焙《ほう》じ茶の一杯でも飲みたいんじゃがのぅ』

因幡の図々しい要求に、千早は一瞬頬を引きつらせたものの、態度は崩さなかった。

彼は「お待ちください」と因幡に向かって笑いかけると、再び部屋を出て行った。

戻ってきたときには蓋付きの茶碗と茶菓子をふたつずつ載せた盆を携《たずさ》えていた。

ひとつは由莉の席の前に、もうひとつは因幡の前に置く。

因幡はさっそく茶をすすった。

『あんまりうまい茶じゃないのぅ。出がらしみたいな味がするわ』

「申し訳ありません。こういったことには昔からどうも不慣れでしてね」

『不慣れったって物事には限度ってもんが……』

因幡は隣の席に座った千早の横顔を、渋い顔でまじまじと見つめた。その直後、

『わぁーっ！』と因幡は急に叫び、茶碗をひっくり返した。驚いたのは由莉だ。

「因幡さん、大丈夫ですか!?　やけどは……」

由莉はバッグからポケットティッシュを取り出すと因幡に駆け寄って、お茶に濡れた因幡の手を丁寧《ていねい》に拭《ふ》いてやった。

しかし因幡はそれどころではない様子だった。

凍《こお》りついたように千早の顔を眺めたあとで、もこもこの手で千早を指さした。

『いまのいままで気づかなんだが、あんた目が、黄金《きん》！　隠神《かくりがみ》じゃったか！』

黄金《きん》？

由莉も因幡につられたように千早の顔を見た。

ここに来てからバタバタしていて気がつかなかったが、なるほど、長い前髪がひとすじ、ふたすじかかった千早の瞳は確かに琥珀《こはく》のような淡い色をしていた。

それに目の周りがうっすらと紅い。

その妖しい美しさはどこか狐面を彷彿《ほうふつ》とさせた。

（まあいいや。それはさておき）

由莉は因幡に向きなおった。

「隠神ってなんですか？」

『娘、妖怪にも格ってもんがあるんじゃよ。こいつ、いやいやこのお方は妖怪の中でも頂点に君臨《くんりん》する、人間でいえば雲上人なのじゃ！』

「さっぱり話がわかりませんが、つまり千早さんは妖怪の皇子《おうじ》様ってことですか？」

『おおざっぱに言えばそんなもんじゃ。わしもお目にかかるのははじめてじゃが、隠神と呼ばれる妖怪はの、天《あま》つ神々が下る以前に日本を支配していた、いわば古《いにしえ》の神に連なる妖怪なんじゃ。高い鬼神力《きじんりよく》と黄金《きん》色の瞳を持つという。普通は山奥だとか海の底だとか異郷に籠もっていらっしゃるもんで、人里におられることはまずないはずなんじゃが……いったいぜんたいなんで隠神がこんな人里にいるのかわしにはさっぱりわからん！』

「それは私が人間だからです」

慌てふためく因幡とは対照的に、千早は冷静に答えた。

『嘘《うそ》じゃ！　そう言ってわしを喰《く》ってしまおうとしてるんじゃ！　隠神は人間のみならず、人間と馴《な》れ合う妖怪が大嫌いで見つけしだい八つ裂きにするというではないか。ひえぇ～おそろしやおそろしや、なむあみだぶつ、なむあみだぶつ』

念仏をとなえだした因幡を、由莉は落ち着かせようとした。

「因幡さん、どうかお気を確かに。千早さんはどう見たって人間じゃありませんか」

『なにを言っとる、隠神は夜に生まれた妖怪と同様、人の姿に変化《へんげ》できるのじゃ！』

「え？　そうなのですか？　あとすみません、わたしは寡聞《かぶん》にして存じ上げないのですが、人間に化けられる妖怪と、化けられない妖怪がいるのですか？」

『うむ、夜に生まれた妖怪は《黄昏《たそがれ》の妖《あやかし》》、朝に生まれた妖怪を《暁《あかつき》の妖》っていうの。わしみたいな暁の妖は妖力が弱くて人間になれないんじゃけどね』

「なるほど。勉強になります。ついでにもうひとつお訊きしてもよろしいでしょうか」

『なんじゃ』

「幽霊と妖怪の違いとは？　わたしが住む事故物件によく出るのは、幽霊のようですが」

『幽霊は出る場所が決まってないの。それに対して妖怪は出る場所や相手を選ぶことが多い。まあここらの妖怪はだいたい井の頭公園に溜まっとるな。あとは、うーむ。幽霊が出るのはだいたい真夜中じゃが、妖怪は宵《よい》と暁に出ることが多いことぐらいかの。近頃は朝も夜も明るいんで、四六時中うろうろしとるのもおるが』

「なるほど」

『ちなみに妖怪にはね、生まれつきの妖怪だとか、祀《まつ》られなくなった土着の神が零落《れいらく》して妖怪化したのだとか、人形や器物が百年ぐらいの時を経て妖怪化した九十九神《つくもがみ》だとか、長生きしすぎて妖怪化しちゃった動物だとか、自然物の気から生じた妖怪だとか、はたまた人間の恐怖心や罪悪感が生み出した妖怪だとか、色々おるの。姿かたちも性格も様々じゃが、まあ妖怪は妖怪じゃから、隠神以外は誰が偉《えら》いとかも特にないかの。よほどの怪我や病気でもしない限り、平均寿命は百歳から二千歳くらいじゃ。さてここで問題じゃ。わしはどのタイプの妖怪でしょう？』

「兎のぬいぐるみの妖怪。九十九神ですか？」

『ブッブー！　長生きしすぎて妖怪化しちゃった本物の兎でした〜！』

「盛り上がっているところ申し訳ありませんが、そろそろいいですか」

話を脱線させた挙句《あげく》、質疑応答まではじめたふたりに制止をかけたのは千早だった。

「なんにしてもですね、白兎の因幡さん。私は隠神でもなければ黄昏の妖でもありません。目の色が少しばかり薄いだけの、ただの人間ですよ」

千早が席を立つと、因幡は椅子から飛び上がって、由莉の胸に飛び込んできた。

『やめてくれぇ～。来ないでくれぇ～』

「仮に私が隠神だとしたら」

由莉の腕の中でぷるぷる震える因幡に、千早はゆっくりと近づいてきた。

「その娘はとっくに私に血を啜《すす》られて死んでいるはずではありませんか」

その一言で、因幡の震えがぴたりとおさまった。

『あ、そうか、うん、言われてみれば確かに……』

因幡は由莉と千早を見比べてから、ひとりで納得したように頷いた。

『隠神は可憐で美しい娘の血肉を好んで喰うと聞いたことがある。そうかそうか、こんな美少女がすぐ近くにいるのに隠神がいつまでも放っておくはずがないか』

「そういうことです。おわかりいただけたようでなによりです」

千早はいかにも適当そうな口ぶりで言った。

由莉はまだ話についていけていなかったが、ふたりともそれにはお構いなしだった。

千早は再び由莉の正面の席に座ると、書類の束を机の上に出した。

「新藤さんもおかけください。お騒がせしてしまい大変失礼を」

「いえ。とんでもないです」

由莉は因幡を椅子の上に座らせてやると、自分も席に戻った。

向かいの席では、千早が由莉の履歴書を開封している。

因幡がまだいるが、どうやらこのまま面接をはじめてしまうつもりらしい。

「さて、本日はご来社いただきまして誠にありがとうございました。それで、面接させていただいた結果ですが――」

「いただいた？　あの、いったいいつ面接がはじまって、いつ終わったのでしょうか」

由莉の問いに、千早は、「こちらの……」と因幡を見ながら言った。

「因幡さんがいらっしゃったことは不測の事態でしたが、彼に対するあなたの親切な対応であなたのお人柄はよくわかりましたので、それをもって面接とし、採用致しました」

ずいぶん簡単なことで採用するなと思ったが、アルバイトならそんなものなのだろうか。

ともかくいま摑《つか》み取った《時給二千円・交通費全額支給・まかないつき》の仕事をなにがなんでも手放すものかと、千早の気が変わらないうちに由莉はさっさと話を進めた。

「買いかぶりすぎだとは思いますが、そういうものなんですね。ところで……」

「ご質問ですか。なんでもどうぞ」

「あの、妖怪派遣會社なんですか、ここは」

千早は「午後五時以降はそうです」とだけ答えると、由莉の前に書類を置いた。

「こちらが労働契約書と誓約書、ならびに個人情報に関する同意書です。給与、勤務時間、業務内容等、今いちどご確認されましたら本日の日付とサインをお願い致します」

「妖怪派遣會社だって、最初から求人票に書いてありましたっけ……」

その問いに対して、千早はただ微笑《ほほえ》んだだけだった。

由莉はそれ以上は訊きにくかった。

あまり追及したら、まるで千早が求人票に嘘を記載したと疑っているようなものだったからだ。

どうしたものか、と由莉は労働契約書を見つめながら悩んだ。

(三カ月更新のアルバイトだから、これにサインをすれば、わたしは最低三カ月はここで働くことになるのよね)

由莉は人と接し、そして人を助ける仕事に就きたかった。

相手が人ではなく妖怪でも、妖怪の助けに自分がなれるなら、それもよい。

だが、いままで妖怪を視えないふりをしてきてしまった自分が、うまく妖怪とコミュニケーションをとることが、はたしてできるのだろうか。

「……新藤さん？」

ペンをとったまま固まってしまった由莉に、千早が心配そうに声をかけてきた。

「千早さん、申し訳ございません」

由莉はいま自分がかかえている不安を、正直に彼に打ち明けることにした。

「わたし、実はここが人材派遣会社だと勘違いして応募してしまったんです。ですから、五時からそんなまさかの妖怪派遣會社になるとうかがって、いま少し動揺していて」

「そうですか。しかし人間を派遣するのも妖怪を派遣するのもたいして変わりませんよ。要は人間あるいは妖怪が雇用主である商店や飲食店、教育施設、工場などに対し、就労を希望する妖怪を派遣するんです」

「あ、なんだ。それでしたらわたし、大丈夫です」

時給二千円だし、交通費全額支給だし、まかないつきだし。

というせこい胸中は隠して、由莉は元気よく言った。

千早は由莉の姿を光のない目にとどめつつ、薄く笑んだ。

「それでは、契約書にサインをお願い致します」

「はい！」

由莉はペンを持ち直すと、書類に今日の日付と自分の名前を書きつけていった。

そして最後の一枚、『個人情報に関する同意書』に新藤由莉とでかでかと書くと、清々《すがすが》しい気持ちでペンを置いた。

「──ようやく書いたか。新藤由莉」

ん？　一瞬、誰が発した言葉なのかわからなかった。

由莉は因幡のほうを見たが、因幡はお茶に添えられていた長命寺桜餅《ちょうめいじさくらもち》をほおばっている最中で、喋《しゃべ》るどころではなさそうだった。

ゆっくりと千早の顔を見ると、彼は優しそうな表情を一変させていた。

厭《いや》な笑みを浮かべていた。

淡い黄金《きん》色の瞳に剣呑《けんのん》な光を宿し、ほくそ笑んでこちらを見ていた。

「悪いがもう猫をかぶるのはやめにするよ。こちらが採用だと言っているのに、急にうじうじしてなかなかサインしないものだから、俺もさすがにイラついていたんだ」

いきなり一人称も態度も豹変《ひょうへん》させた千早に、由莉はぽかんとした。

千早は凍りついた由莉の手元から書類を回収すると、机の上でトントンと揃《そろ》えた。

「しかしこれでお前は晴れてわが社に雇われの身となった。本日より契約更新日の六月末までしっかりと働いてもらうよ。……ようこそ、千早妖怪派遣會社へ」

「いや、あの、ちょ、ちょま、ちょっと待ってください！」

「充分待ってやったじゃないか。この俺が『採用』と言ってやったのだから、お前はただ小娘らしく無邪気に喜んでいれば良かったんだよ。それを『動揺している』だのなんだのとぐずぐず言ってこの俺の貴重な時間を割《さ》いてくれたんだ。これ以上は待たないよ」

うまい話には裏がある――。

由莉は《時給二千円・交通費全額支給・まかないつき》の三拍子に食いついてホイホイとこの会社に応募してしまったことを猛烈《もうれつ》に後悔しはじめていた。

条件がやたらとよかったのは、きっとアルバイトを雇ってもすぐにやめてしまうからだろう。千早にパワーハラスメントを受けるかなにかして。

由莉には、千早の性格の悪さがこの一分間の会話の中でよくわかったのだ。

由莉が固まっていると、千早は鼻で笑った。

「どうした？　妖怪と接することに急に怖気《おじけ》づいたか」

「いや、ですから、そういうわけでは――」

「お前は貧乏なんだろう？　仕事を選んでいる場合かな」

ブチッ。

『貧乏』のあたりを殊更《ことさら》に強調されて、由莉は自分の中でなにかが切れる音を聞いた。

（この男、言わなくてもいいことをペラペラと。パワハラ上司確定だわ！　わたしは貧乏だけど幽霊に鉄拳パンチだってできるし、勉強もできるし、料理だってできるのに！）

塾講師、家庭教師、ファミレスの厨房《ちゅうぼう》……やればなんだってできるという自信がある。かならずしもここで働くしか選択肢がないというわけではないのだ。

由莉は内心で煮えたぎっていたが、千早は涼しい顔をして話を進めた。

「それで、その他の業務内容についてだが」

千早が机の下から取り出したのは、何枚かの書類がホチキス留めされたマニュアルのようなものだった。

千早がその頁《ページ》数を確認している隙《すき》に、由莉は椅子から立ちあがった。

「千早さん。申し訳ありませんがわたし、このお仕事、辞退させていただきます！」

社長の性格に、業務内容に、すべてにおいて騙《だま》された気分だった。

仕事で大事なのはきっと信頼関係だ。

こんな男のもとで働くだなんて冗談じゃない。

由莉はもはや逃げる気満々で、開けっぱなしになっていた襖のほうへ直進した。

「辞退できると思っているのか」

着席したまま、千早が落ち着き払った声で訊いた。

由莉は聞こえないふりをして逃げ出そうとしたが、部屋を出る寸前で、由莉の目の前で襖がぴしゃりと閉まった。

誰も手を触れていないはずなのに、勝手に。

(どっ、どうなってるの！)

まさか自動ドアならぬ自動襖ということもあるまい。

由莉は引き手に指をかけて襖を開けようとした。

ところがどういうわけか、鉄扉《てっぴ》のようにびくともしない。

「まだ話は終わっていないんだよ。新藤」

背後から、席を立とうともしない千早が悠然と語りかけてくる。

由莉は後ろを振り返った。

千早は机の上に肘《ひじ》をつき、組んだ両手の上に顎《あご》を載せている。

伏せた視線の先にはいつのまにか、大学で見たのと同じ求人票が置かれていた。

「この求人票には特殊な術を施してあるので、顕在《けんざい》あるいは潜在的に霊力の高い者の目にしかとまらないんだ」

「だからなんだとおっしゃるのですか」

由莉はもう辞める気満々だったので、きつくぞんざいな口調で訊いた。

だが千早はそれをものともせずに答える。

「お前を採《と》った理由は三つある。まずひとつ目は、因幡の姿を見ても驚かなかったこと。妖怪を見ていちいち悲鳴をあげられては仕事にならないからな。狐火でも呼び出してお前の反応を見ようと思ったが、因幡のおかげで手間が省《はぶ》けた」

由莉が黙っていると、千早は勝手に続けた。

「ふたつ目は、たくましさと太ましさと根性があること。なんでもお前、事故物件に出る悪霊をグーで殴って撃退するそうじゃないか」

「なぜ千早さんがそんなことをご存じなんです」

「お前が住むアパートの大家さんと俺は知り合いなんだよ」

「え!?」

「俺は以前からお前の話をよく聞いていて、そのたびに、お前が弊社に来てくれればよいのにと思っていた。なにせ最近の若い者は根性なしなのか、雇ってもすぐに妖怪が怖いだの一身上の都合だのと言って辞めていってしまう。先月から十人連続で一日もしくは半日でバックれられて、俺もほとほと困っていたんだよ」

「妖怪が怖いというのは本当かもわかりませんが、一身上の都合というのはすべて例外なく千早さんの性格の悪さが原因だったのだとわたしは思いますけれどね」

辞めるつもりの由莉は千早の真似をして猫をかぶるのをやめ、ずけずけと言った。

ところがそれはむしろ逆効果だった。千早は満足げに微笑み、

「そう。そういう気が強い人材を俺は採りたかったんだ」

げっ！

「つ、強くないです。わたし本当は妖怪のことも千早さんのことも怖い……です……」

由莉は子猫のように怯えたふりをしたが、遅かった。普通に無視された。

「だから貧乏人が飛びつきそうな条件にして求人をかけることにしたのだが、お前は厄介なことに頭まで良いと聞く。条件が良ければかえって警戒するだろうと俺は踏んで、学内掲示板に求人票を貼り出し、お前が応募してくるように仕向けたんだ」

「どうやって？　わたしは履修届を早々に提出していましたし、今日アルバイト募集の掲示板を見たのだって偶然だったんです。瑠奈……友達に、学生生活課に履修届を出しに行くからそこで待っててって言われたから」

「そのお嬢さんは、はたして本当に本物のお前のご友人だったのかな？」

「は？」

意味がわからず、由莉が眉を寄せたそのときだった。

『由莉！』

瑠奈の明るい声が部屋に響いた。

由莉はまた凍りついた。

蒼白い火の玉が、どこからともなくふわふわとこちらに近づいてきたかと思えば、見る間にあの可愛い瑠奈の姿になったのだった。

『あなたをたばかるような真似をしてしまい申し訳ない。しかしあるじの命《めい》でしたので』

「る、瑠奈。どうしたの、変な喋り方をして。ていうか、なんで瑠奈がここにいるの？　まさか千早さんの親戚？　いやそれ以前にいま火の玉から人間になったよね？　まさか瑠奈、妖怪だったの？」

由莉が瑠奈を質問攻めにしていると、千早が言った。

「それはお前がいつもつるんでいる白石瑠奈じゃない。俺のしもべが白石瑠奈に化けているんだ。さっきお前を学生生活課まで連れていったのはそいつさ。お前がニセモノの白石瑠奈と一緒にいるあいだ、本物の白石瑠奈はとっくにサークルに行っていたんだよ」

『左様。お許しください、美しい姫。私はあるじに尽くすためにのみ存在するのです』

瑠奈は彼女らしからぬ口調でそう言うと、また蒼白い火の玉に戻り、ふっと消えた。

「そんな、嘘よ。『天パだよぅ』とか『ずるい！』とか、完全に瑠奈語録だったのに」

「狐火はうまく人に化け、当人になりすますからね」

千早はくすり、と笑ってから、「三つ目は……」と続けた。

「お前が今夜、無事に弊社まで辿りつけたことが採用する決め手になった。お前に狐火より低級な物《もの》の怪《け》に化かされない程度の霊力があるか否《いな》かを見るために、本日に限り妖術で道を隠させてもらったんだ。……あとは俺の補助と、人並みに料理ができればいい」

「なぜいきなり料理の話になるんですか」

『待て！　あと、お茶もじゃ、お茶も！』

いぶかしんで訊き返した由莉の声は、因幡のやたらと大きな声にかき消された。

『千早紫季め、あんたの茶はまずくてかなわんわ、この味オンチめ。このこのっ』

「茶の味など知るか。俺は根っからのコーヒー党なのでね」

千早は自慢にもならないことを堂々と言ってのけると、再び由莉に言った。

「ともかく、お前はそれらの条件を見事にクリアした」

千早は朱《あか》い唇にうっすらと笑みを刷き、襖を背に立ち尽くす由莉を眺めた。

「賢くて、気が強くて、肝が据わっている……めったにない人材だ。俺はずっと、お前のような者が現れるのを待っていたんだよ」

いまさらつくったように優しい声音《こわね》で千早は言う。

「で、なぜ料理の話になるのか、とお前は質問したかな。求人票にまかないつきと書いてあっただろう。お前が夕食を作るんだよ。俺が材料費を出してやる代わりにね」

「それはまかないとは言いません！　ただわたしの仕事が増えるだけじゃないですか！　だいたい、なんでもかんでも金の力で解決できると思って！」

「だが、お前もたまには父親に栄養のあるものを食べさせてやりたいだろう？」

「え？　千早さんのお金でわたしのお父さんのぶんのごはんも作っていいんですか？」

由莉は金に目がくらんで一瞬心が動きそうになった。

（い、いや、だめよ！　惑わされちゃだめ！）

若干ストーカーとパワハラの気《け》があるような嘘つき社長のもとで、都合の良いように扱われるのはやっぱりいやだった。

それならば堅実に他のまっとうなアルバイトをして、お給料をもらってから父においしいものを食べさせてあげたい。

なんとかして襖を開けようと、引き手にかけた手に力を込める。

けれどだめだ。やはり開かない。

千早は求人票に特殊な術を施したと言っていた。

もしかしたら襖にも同様に、なんらかの術が働いているのかもしれない。

このまま千早の言いなりになるしかないのだろうか。

由莉が己の非力とうかつさを呪ったときだった。

『ゲフッ、ゴフッゴフッ！』

盛大にむせる音がした。

はっとして見ると、ガターン！　と派手な音を立てて因幡が椅子ごとひっくり返ったところだった。

驚いたのは由莉ばかりではなかった。

「おい、どうした」

千早が素早く席を立ち、因幡の傍に跪《ひざまず》いた。

『さ、桜餅、ゲフッ、餅が……餅がゴフッゴフッ、のどに詰まっ、ゲフンゲフン！』

因幡は真っ青な顔で、息も絶え絶えに言った。

とたん、由莉が引き手に込めた力に従って、襖がスッと開いた。

おそらく千早が因幡に気をとられたことで術が解けたのだろう。

千早は一瞬、しまったというような表情を浮かべて由莉を見たが、すぐに因幡に注意を戻した。

餅を吐き出させようというのか、その背中を叩いている。

由莉は、ふら、とあとずさるようにして、部屋を一歩、出た。

因幡の介抱でそれどころではないらしく、あれほど執念深そうだった千早は追ってこない。

由莉は千早たちに背を向けると、もう振り返らずに出口に向かって駆け出した。

千早紫季は因幡の背をさすりながら、遠ざかっていく少女の足音を聞いていた。

たくましいという話は大家から聞いていたが、想像以上に勝ち気でプライドが高かったというのは誤算だった。

ひどく困窮しているようだったので、金と食べ物さえちらつかせれば、簡単にこちらの意のままになると思ったのだ。

釣ったと確信していた。

……しかし、あと少しのところで逃がしてしまった。

(まさかこんな事態になるとは)

因幡は『ゲフッゲフッ』とひときわ大仰《おおぎょう》にむせると、桜餅を丸ごと一個吐き出した。

「餅を丸呑《の》みにする馬鹿があるか！　お前のせいであの小娘を逃がしたも同然だ。不愉快なのでさっさと帰ってもらおうか」

『わしのせいにするな、ゲフッ、おぬしの性格が悪いせいじゃろが、ゴフッゴフッ』

「いいや、お前のせいだ！　俺の策略に抜かりはなかった！」

『ほーら策略とか言う！　そういうところが性格悪いっつってんの！　ゲフッ……』

責任のなすりあいをしながら、紫季はティッシュを何重にもして因幡が吐き出した桜餅を拾った。

しかし因幡はまだ蒼褪《あおざ》めたまま、ぷるぷると震えている。

「おい。貴様、もう吐いて楽になったんだろう」

『いや、あの娘のぶんの桜餅まで喰ったから、あと一個詰まってるの。ゲフッゴフッ』

紫季はこめかみに青筋を浮かべると、因幡の背中を乱暴にばしばしと叩いた。

しかし因幡はむせるばかりで、一向に餅が出てこない。

「俺はいったいどうすれば……。もしや、逆に流し込んだほうがよいのだろうか」

厨房に行ってコップに水を汲んでこようと、紫季が立ちあがったときだった。

玄関扉が開いて閉まる音に続き、パタパタとこちらに駆け寄ってくる足音がした。

「千早さん！」

紫季の視界に、長い黒髪の少女が飛び込んできた。

幻かと思ったが、違う。

梅に鶯の襖の前に肩で息して現れたのは、まぎれもなく生身の新藤由莉だった。

「お、お水、近くの自動販売機で買ってきたんです。因幡さんに飲ませてあげて……」

由莉は呼吸がなかなか整わないのか、苦しそうに言いながら部屋に入ってくると、紫季にミネラルウォーターのペットボトルを差し出した。

紫季は現実味のないままそれを受けとると、蓋を開けつつ因幡の傍に膝をついた。

「因幡、自分で飲めるか」

因幡が、こくん、と頷いたので、紫季はペットボトルを手渡した。

因幡はお茶を飲んでいたときと同じように、器用に両手でペットボトルを傾けてぐびぐびと水を飲んだ。

やがてうまく食道に餅を通過させたのか、因幡は『ふぅーっ』と大きく息を吐き出すと、気が抜けたようにそのまま大の字に伸びた。

救出劇が終わって、由莉は安堵《あんど》したのか、くずおれるように紫季の隣に正座した。

紫季は急に現実に返った。

甘く香るほど由莉が近くにいるのだと気がついたのだ。紫季は素早く由莉と距離をとった。由莉はといえば、そんなことには気づかぬ様子で因幡の腹に花の刺繍《ししゅう》が入ったハンカチをかけている。

紫季は言った。

「お前が急に現れて驚いたよ。逃げたのだとばかり思っていたからね」

「逃げただなんて、わ、わたしはそこまで薄情じゃありません！」

「ふん、殊勝《しゅしょう》なことだ」

紫季は鼻で笑うと、因幡に視線を落とす由莉の横顔を見つめた。

「しかし愚かでもある。またここに閉じ籠められるとは思わなかったのか」

「思いましたが、さっき閉じ籠めたのは、わたしが逃げようとしたからですよね」

「そうだね」

「それでしたら大丈夫です。わたし、もう逃げたりしませんから」

「……ふうん。どんな心境の変化だ？」

「千早さんのこと、ただの典型的な厭な金持ちだと思っていたのですけれど、あの……、因幡さんを助けてあげているところを見ていたら、そうじゃないってわかって、それで考えていたんです。千早さんが人材派遣業の裏稼業として妖怪派遣業に着手されたのにも、なにか理由があるんじゃないかって……」

「妖怪派遣業というのはね、お前が考えるよりもはるかに儲《もう》かる商売なんだよ」

紫季は素っ気なく言った。

別に嘘はついていない。

競合他社がないのだから、実入りがよいのは事実だ。

しかし由莉はまだ続きを待っているようだった。

まさか、この自分がたいそうな志《こころざし》をもってこの会社を立ちあげたとでも思っているのだろうか。

――由莉が期待するほどの理由などないのに。

紫季はため息をついたが、面倒なので正直に話すことにした。

「さっき、因幡が隠神《かくりがみ》がどうのこうのと大騒ぎしていただろう」

「はい」

「因幡の話と一部重複するが、隠神というものは普通の妖怪と違い、『古事記《こじき》』だとか『日本書紀《にほんしょき》』に現れる神々より以前からこの国にいた古い神の系譜だ。いまとなっては異端の神だから妖怪扱いされているだけで、本来はその名の示す通り神なんだよ」

「神様……」

「かつて人は記紀《きき》神話の神々を祀る一方で、古い神々である隠神を鬼だとかまつろわぬ神だと言ってその存在を排除しようとしたという。そして迫害はいまも終わらず、人間は無意識のうちに彼らの神域を侵し続けている」

たとえば、と紫季は少し考えてから言った。

「トンネルを建設するといっては山を切り崩し、土地を広げるといっては海を埋め立てるといった具合にね。……経済の発展のためには致し方ないことだというのは人間の理屈で、彼らにしてみれば、人間は棲家を穢《けが》し、奪う存在でしかない。だから隠神はずっと人間を恨んでいるし、人に情を移した妖怪たちのことも同様に疎《うと》んじている。人里からやってくる妖怪は決して受け入れないんだよ」

「人間と縁のある妖怪が山や海に住もうとしたら、追い払ってしまうのですか？」

「追い払われるくらいならまだいい。ときには殺されることもある」

由莉はつかのま言葉を失ったようだったが、すぐに深刻そうな声で呟いた。

「……それじゃあ、人里にいる妖怪たちは生きる場所を自由に選べず、もう人間と一緒に暮らしていくしか選択肢がないってことなんですね」

「そうだ。しかし生きていこうにも都市には食糧がない。山や海での暮らしのように自然の恩恵を受けられないから、生き延びるには盗むかゴミを漁《あさ》るかしかない。隠神ではない妖怪はここで暮らすことを余儀なくされながら、まっとうに生きる手段をなにひとつ持っていないんだ。妖怪にはなんの社会的保障もないので、飢《う》えて死ぬ妖怪もいれば、雨風をしのげずに凍え死ぬものもいる。せめて妖怪に金を得る手段があれば……と、そう思ったから、表稼業が軌道にのってきた昨年末から、裏稼業をはじめたんだよ」

「千早さんは妖怪に施しを与えるのじゃなくて、自立させてあげたかったんですね」

「……そうだ。恵んでやることなど簡単だ。しかしそれでは俺が死んだあとに誰が妖怪の面倒を見るんだ。資産はいずれ尽きるものだ。だが会社ならば残る。優秀な後継者に引き継いでいけば、この先も妖怪が食いっぱぐれることはないだろう」

「ごめんなさい……わたし、千早さんのこと誤解していて……あの、でも、えっと……」

「なんなんだ？　溜めていないでさっさと言え！」

また苛々《いらいら》して紫季は言った。

すると黒髪がかかった由莉の肩が、ぴくりと震えた。

また怒り出すのだろうか。

それともまさか――泣くのだろうかと思いきや、由莉は顔を上げて、思いもよらぬことを言った。

「千早さん、ごめんなさい。わたし、やっぱり辞意を撤回させていただきます！」

「……は？」

「昔から貧乏だったわたしには、空腹の苦しみや凍えるつらさがよくわかるんです。だけど人間は、健康な身体《からだ》さえあればたとえ小銭しか入らなくても、なんらかの仕事には従事できます。でも妖怪はどれほどやる気があっても就業するのが困難なんですね。千早さんの物言いがいちいち鼻につくのは確かですが、社会的弱者である妖怪に目を向け、妖怪の雇用問題にお気づきになられた点においては千早さんはとてもご立派だと思います」

「……ああ、そう。それはありがとう。しかし別に立派ではないよ。なにかと不憫《ふびん》な妖怪たちに寄り添ってやりたいと願うのは、単なる俺の自己満足でしかないから」

「自己満足……？」

「……妖怪が幸福を手にして、救われていくと、俺も救われるような気持ちになるんだ」

由莉がかすかに首を傾《かし》げたのを見て、紫季はすぐに余計なことまで話してしまったと気がつき、後悔した。

所詮《しょせん》、限られた契約期間しか関わることのないアルバイトの小娘だ。

ずっとここにいるわけではない。

彼女には、自分の私情を話す必要も意味もないのだ。

だが――

（この娘があまりにも真剣に話を聞こうとするから、つい……）

もう何も言うまいとして、紫季はつとめて平坦な声で言った。

「確認させていただくが、辞意を撤回したということは、ここで働いてくれるということだね。もちろん願ってもないことだ。このまま契約成立ということでよろしいかな」

「はい！」

由莉はぱっと花がほころんだように笑った。

（よし……）

紫季は、この流れなら言える、と思った。

「それから、帰ってきてくれてありがとう。お前がいてくれて、とても助かったよ」

「……」

おい。なぜ急に黙る！

紫季は焦って由莉を見た。由莉は照れているのか、顔が耳まで紅くなっていた。

（なんなんだ、この小娘は）

顔に似合わず生意気で大人びているのかと思いきや、所詮、小娘は小娘だった。

こんなことで変わり者を相手にすることが多い妖怪派遣業務がつとまるのだろうか。

しかし契約を結んだからには、すくなくとも契約更新の六月末までは、しっかり働いてもらわなければなるまい。

「マニュアルを渡しておこう。次までに目を通してくるように」

紫季は洋机の上に置きっぱなしにしていたマニュアルを取ると、由莉に渡した。

玄関ホールまで千早に見送られ、由莉が扉を開けると、そこには思いもよらない人物の姿があった。

事故物件の大家さんである。彼女は両手に大きな段ボール箱をかかえていた。

「急にごめんなさいね、紫季君。うちの家庭菜園でとれたじゃがいものおすそわけに来たんだけど——って、あらっ！　あらあらあらっ！　由莉ちゃんじゃないの！　あらっ！」

「あらっ大家さんじゃないですかー！　こんばんは。わたし、ここにバイトの面接に来ていたんです。大家さんと社長がお知り合いって聞いて、びっくりしちゃいましたよー！」

「あたしこう見えて顔が広いのよ。それよりもバイト？　えらいわねぇ。受かったの？」

「はい！　採用していただきました！」

「そう、よかったわねぇ。紫季君、由莉ちゃんに優しくしてあげてね」

「ええ、もちろん。経営者にとって、従業員はなによりの宝ですから」

千早はほんのちょっと前まで由莉に見せていた、ニヤリ……というような陰気な笑みではなく、爽《さわ》やかな好青年のように笑った。

（……猫かぶり社長……）

由莉は呆《あき》れつつも、「それではわたしはこれで……」と挨拶をして、ふたりに背を向けた。大家さんは屋敷に上がるつもりはないのか、玄関先で千早と立ち話をはじめた。

會社の門を出る前に、由莉がふと——本当になにげなく玄関のほうを振り返ると、雪洞のような玄関灯の下で、大家さんの頭が巨大な牛の頭になっていた。

(!?)

なんてことだ！　と由莉は仰天した。

まさかまさか、妖怪が、自分のこんな身近にも存在していたなんて！

九十九神《つくもがみ》と
苺が入っていない苺大福

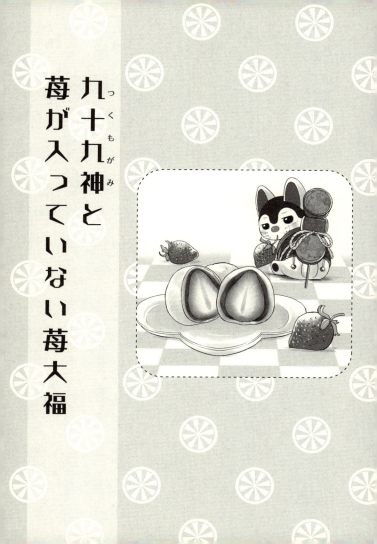

翌日の三限。

教科書やプリントを下敷きにして、いま由莉《ゆり》の机を陣取っているのは、《千早妖怪派遣《ちはやあやかし》會社《がいしゃ》　仕事の手引き》と題された書類の束だった。

昨夜、帰り際に千早からもらったもので、今日までに読んでこいと言われた。

昨日の今日でこのあとに初出勤だった。自分で千早のもとで働くことを選んだとはいえ、やはり初日は緊張して、さすがの由莉も今日ばかりは心ここにあらずだった。

教授の話が右から左へと抜けてゆく。

「じゃあここでちょっと誰かに聞いてみようかな。『信太妻《しのだづま》』の葛《くず》の葉《は》は、なぜ狐《きつね》なんだと思う。狸《たぬき》とか、猫とか、まあ人に化けるので有名な動物ってのはいっぱいいるわけじゃない。えー、じゃあ、そうだな、いちばん窓側の列の白い服の……君」

ふと気がつくと教室がしーんとなっていた。今日はやけに静かね、とぼんやりと考えていると、右隣に座る（今日こそはおそらくは本物の）瑠奈《るな》が由莉の肩をつついてきた。

由莉！　あてられてるよ！　と小声で囁《ささや》かれ、由莉はぱちぱちとまばたきをする。

（『信太妻』。あっ、見てるプリント違うし！　なんで葛の葉が狐なのか、だって！）

説経《せっきょう》『信太妻』は美しい女に化けた狐、葛の葉が、人間の男の妻になり、やがては子をなすが……、といった筋の物語だ。あらすじはわかるが、なぜ葛の葉が狐なのかなど考えたこともない。しかし答えなければ授業が進まない。

教室に集まった百名ほどの学生たちは、特待生の自分と違い、みんな高い授業料を払ってここに来ているのだ。それを無駄にしてしまうわけにはいかない。由莉は三十秒間、頭を高速回転させ、これまでにつちかってきた全知識をひもといた。そして開眼する。

教授の目をまっすぐに見つめ、由莉ははっきりとした声で回答した。

「第一に、狐の生態です」

「ふむ。というと？」

訊《き》き返してきた教授に、由莉はよどみなく答える。

「狐には狸や猫にはない習性があります。母狐は子狐を親離れさせるとき、子狐を強く嚙《か》んだり引っ掻《か》いたりして威嚇《いかく》するのです。そして子狐は母狐から逃げるように旅立ちます。すべては子を思う母狐の愛ゆえなのですが、それが説経節の聞き手の哀切《あいせつ》を誘うというので『信太妻』のヒロイン・葛の葉は狐になったのだという一説があります。

第二に、『信太妻』が成立した近世における下級の陰陽師《おんみようじ》は、稲荷《いなり》信仰が習合した水神《すいじん》や蚕神《かいこがみ》などをすべて信仰の対象としていたといわれ、狐も当然のことながら――」

「わわわわかった！　うん、そ、それくらいでいいよ、うん、わ、私の出番がなくなっちゃうからね！　ハイみなさん、完璧な回答をしてくれた彼女に拍手ー！」

パチパチパチパチ……と教室中から拍手が沸き起こった。

「じゃ、じゃあ次に進みます。えー、どこまでやったっけ。あ、プリント二枚目の途中からね。えー、『保名《やすな》、不思議に思うところに、障子《しょうじ》に一首の歌あり』」

恋《こい》しくば　尋《たず》ね来《き》て見《み》よ　和泉《いずみ》なる　信太《しのだ》の森《もり》の　うらみ葛《くず》の葉《は》
「……とあり」、と教授が読みあげたところで、チャイムが鳴った。

「はい、じゃあ今日はここまで。次は葛の葉の歌の解釈から入ります。次週までに各自プリントに目を通しておいてください。えー、じゃあ出席カードを後ろから前に送って」

前の席の人にカードを渡すと、由莉は疲れたように机に突っ伏した。

「由莉、寝不足ー？　真面目《まじめ》な由莉にしちゃ、今日はちょっとぼーっとしてたけど」

ノートやプリント類をバッグに仕舞いながら、瑠奈が心配そうに声をかけてくる。

授業が終わり、教室内は人の出入りや少女たちのお喋《しゃべ》りですっかりざわついていた。

「うん、ちょっと反省。一分ぐらいぶんのみんなの授業料を無駄にしちゃった」

「ふふっ、なにそれ。でもさ、あたし由莉の回答には超感動した！　由莉が一瞬、神か仏のように神々しく見えたもん。それにしても狐って、ザ・妖怪！　ってかんじだよね」

「瑠奈は妖怪なんていると思うの？」

千早妖怪派遣會社のマニュアルをこそこそと仕舞いつつ、由莉は訊いた。

するとと瑠奈は急に真顔になり、「いや、いるっしょ」と言った。

「見たことはないけど、葛の葉とかいるぐらいだし。昨日の中古文学《ちゅうこぶんがく》入門でもやばい生霊《いきりょう》出てきたじゃん。なんつったっけほら、六条御息所《ろくじょうのみやすどころ》？　めっちゃヤンデレだよね。一途すぎちゃったのかなぁ。あたしだったら源氏がロリコンな時点で即切るけどね。ところで由莉、バイトの面接したんだっけ？　どうだった？」

「あ、うん。無事に受かったみたい」

「わぁ、即日採用とかすごー！　さすが由莉！　で、バイトはいつからなの？」

「今日これから。今日は三限までしかとってないって言ったら、じゃあ来なさいって」

「由莉ってば、期待されちゃってるんだ」

「期待？」

――帰ってきてくれてありがとう。お前がいてくれてとても助かったよ。

あんな風に言ってもらえて、嬉《うれ》しかった。

けれど昨日はたまたま千早の役に立てただけだ。

これからもあんな風に褒《ほ》められたいなら、気を引き締めていかなければならない。

吉祥寺駅《きちじょうじ》までは、女子大前からバスで十分だった。

花見客で賑《にぎ》わう七井橋《なないばし》通りを、由莉は井《い》の頭《かしら》公園方面に向かって歩く。

由莉は考えていた。

千早は由莉を採用した理由として、三つの事柄を挙げた。

ひとつ目は、妖怪を見ても驚かなかったこと。

ふたつ目は、たくましさと太ましさと根性があること。

三つ目は、道中、物《もの》の怪《け》に化かされることなく会社に辿りついたこと――。

昨日に限り道が隠されていたというならば、今日は普通に辿りつくはずだ。辿り着かなければ困るのだが、由莉は無事に、住宅地の一角に小さな朱《あか》い鳥居を発見した。

鳥居の向こうには細く長い道が続いており、石灯籠《いしどうろう》や柳の木々が点々と立っている。

由莉は鳥居をくぐると、まっすぐに千早妖怪派遣會社を目指した。

晴れた春の空の下で見る千早邸は、薄闇の中で見たときとだいぶ様子が違った。

飛び石の周りの芝は翡翠《ひすい》のように輝いているし、薄紅色の花片《はなびら》がはらはらと降りかかる建物には風情こそあれ、おどろおどろしさは欠片《かけら》もなかった。

千早は和洋折衷《せっちゅう》のこの邸宅の二階を自分の私宅にしており、一階はまるごとオフィスにしているのだそうだ。だから一階にある事務室や厨房《ちゅうぼう》、客間、茶室への出入りは自由。玄関から入る際も、扉のノックは不要、むしろ面倒だからやめろと言われた。

「出社するか」とひとりで呟《つぶや》き、由莉は開放された門の内へと足を踏み入れた。

昨日は気がつかなかったが、玄関の右手には、硝子《ガラス》戸のついた掲示板が立っている。

そこにはそっけないフォントで打ち出された求人広告がいくつも貼り出されていた。

パソコンや携帯電話を持たない妖怪たちでも、直接ここを訪れれば職探しができるように、との配慮なのだろうか。

それにしても――。

銭湯、駄菓子屋、甘味処《かんみどころ》、金魚屋、小間物屋に、……珠算《しゅざん》塾からの求人もある。

平成生まれの由莉にはちょっとなじみの薄い、昭和臭の漂《ただよ》うお店ばかりだった。

由莉はそれを一通り眺めてから、そうっと玄関扉を開けた。

「お邪魔します」と囁きながら、パンプスを脱いで屋敷に上がる。

入側《いりかわ》の障子は開け放たれていた。昨日は暗くてよく見えなかったが、硝子張りの窓越しに、よく整えられた日本庭園が一望できた。

青々とした芝の上には鹿威《ししおど》しや景石《けいせき》が配置され、立派な松が植えられている。

その少し先には池があり、欄干《らんかん》がついた朱塗りの反橋《そりばし》がかかっていた。

橋の下では朱や黄金《きん》、白銀《ぎん》の鱗《うろこ》に覆《おお》われた錦鯉《にしきごい》が、悠々と泳いでいるに違いない。

庭園を眺めながら歩いているうちに、襖《ふすま》に青松と鶴《つる》の絵が描かれた広間に着いた。

そのさらに奥にある小さな一室――仕事場へと続く、梅に鶯《うぐいす》の襖は開放されていた。

仕事場は相変わらず古い蔵のようだった。昨夜はなかったものもある。桐簞笥《だんす》の上の赤い振り袖姿の日本人形に、朱塗りに金蒔絵《まきえ》の雛《ひな》道具、五色の鹿の置物、それから床の間に飾られた、初々《ういうい》しくもどこか婀娜《あだ》っぽい少女の幽霊画の掛け軸などがそうだ。

机の前には千早がいる。光のない目でノートパソコンの画面を見ていた。

やはり葬式から帰ってきたような、真っ黒なスーツに真っ黒なネクタイといういでたちである。光のどけき春の日に、千早の周りだけもやもやとした陰の気が立ち籠《こ》めているように見えた。

それは別にいいとして、由莉は千早よりも、その正面の席に座る存在に目を奪われた。

(河童《かっぱ》が座っている！　はじめて見たわ)

当たり前のような顔をして、河童が椅子《いす》に腰かけていた。頭にはギザギザの縁《ふち》がついた皿が載っており、黄色い嘴《くちばし》がついていて、ほかは全身緑である。

千早はマウスの上に手を置いて画面をスクロールしながら、河童に何か喋っていた。

「弊社《へいしや》は主にごく小さな規模の商店や個人としか提携していないんだよ。プールの監視員の仕事はなかなかないね。典薬寮《てんやくりよう》から届いた求人もいま見ているところだが……」

『そうか……』

河童がしょんぼりと肩を落とした。

(社長と河童が普通に会話をしている！　でもなるほど、これが千早妖怪派遣會社の日常風景というわけね)

由莉はすみやかに動揺を鎮《しず》めた。来客応対中の千早の邪魔にならないように「おはようございます」と小声で言いながら、千早の隣──すなわち河童の斜め前の席に着いた。

「おはよう」と、千早は由莉を一瞥《いちべつ》しただけで、またすぐにパソコンに目を戻した。

『わかった。じゃあもう中央《ちゆうおう》線とか井の頭線沿線にこだわるのはやめるわ！』

河童が決意したように言った。するとは千早はマウスをダブルクリックしてから、ノートパソコンの画面をずいっと河童に向けた。河童のほうに反転させられる前にちょっと覗《のぞ》いてみたところ、そこには一件のメールが表示されていた。

「だったらこれしかない。埼京《さいきよう》線のとある駅からバスで三十分。埼玉県某所にある全生徒数十二名、廃校寸前の古い小学校の水泳部のコーチ。河童優遇とある。この学校は校長の方針で妖怪学習の授業を取り入れているため、生徒や保護者はみな妖怪に理解がある」

「社長。そんな学校があるのですか？」

驚いて由莉が訊くと、千早は言った。

「多くはないが、地域色の強い学校などではまれにこういったことがある」

「そうなんですか」

すんなりと納得していいところなのかどうかはよくわからなかったが、そういうものなのだろう。そうでなければ、妖怪派遣業など成り立たないはずだ。

『埼京線かぁ～。新宿《しんじゅく》から乗り換えいっこなのは楽だけど、朝の通勤ラッシュがなぁ～。あんまり混雑してたら、変装してても絶対ひとりぐらい俺が河童って気づくじゃん』

河童はあまり乗り気ではない様子だが、無理もないことだと由莉は思った。

お皿や甲羅《こうら》、嘴は帽子に洋服にマスクでもつければ隠せそうだが、なにしろ全身緑なので、完全に人になりすますのは難しいだろう。

すると千早は「よく読め」と言って、メールの一文を指差した。

「職員寮がある。しかも妖怪は妖怪手当がつくらしく、月額五千円で住めるらしい」

『えっマジ！　五千円とか超やばくね！　東中野《ひがしなかの》の築三十年、風呂なしトイレ共同のボロアパートより安いじゃん！　じゃあそこにするわ！　ちょっ即行エントリーして！』

「わかった。それではこれで仕事を進めさせてもらう」

千早はパソコンの向きを直すと、キーボードを叩きはじめた。

（わたしはなにをしたらいいんだろうか）

由莉が訊《たず》ねる前に、察したように千早が言った。

「新藤《しんどう》、隅田川《すみだがわ》さんに茶菓《さか》のお代わりをお出ししろ」

河童の名前は隅田川さんというらしい。

由莉が「気がつきませんで……」と言って河童の前に置かれていた空っぽの湯呑《ゆの》みを手にとろうとすると、隅田川は表情を曇《くも》らせた。

『お菓子はありがたいけど、お茶はいいよ。なんかさっき出がらしみたいな味したし』

「そういえば、昨日来ていた因幡さんも出がらしみたいなお茶だと言っていましたね」

由莉は悪意もなく言ってからふと視線に気がついた。

隣の席から、千早が冷たい黄金色《きん》の瞳でじっとこちらを見ていた。

「弊社ではおもてなしの精神を重んじ、金沢《かなざわ》の老舗《しにせ》から取り寄せた最高級の茶葉を使っている。それでも出がらしみたいな味だというなら、飲むほうの味覚がおかしいんだろう」

『え、高級茶葉なん？　じゃあ飲まなきゃもったいない気がするから飲んでくわ』

隅田川は急に積極的になって、みずから由莉に茶菓の盆を渡してきた。

げんきんだなぁ、と思いながら由莉は盆を受けとると、部屋を出て厨房に向かった。

厨房と配膳室は仕事場のちょうど裏手にある。白い壁に囲われた厨房は明るく広々とした空間で、中央には家庭科室で見るようなステンレスの台がある。

壁面には骨董《こっとう》品らしい、大正レトロな雰囲気の硝子張りの食器棚が置かれていた。

硝子の向こうには輪島塗《わじまぬり》と思しき漆器《しっき》類や、四季折々の花や鳥の色絵《いろえ》が美しい、九谷焼《くたにやき》と見られる陶器が整然と並べられている。

(金持ちの家にあるものだから、ことごとく高級品に違いないわ)

うかつに触れて落としたら大変なので、由莉は食器棚には近寄らないようにした。

窓際にはガス台や流し台が設置されているが、清潔に保たれているというよりも、新品のようにピカピカだった。千早が日頃自炊をしていないのは明らかだった。由莉はそれで察した。まかないつきというのは千早の金で由莉が料理を作るという意味であると、昨夜千早は言っていた。もしかしたら普段、コンビニ弁当か冷凍食品しか食べていないから、塩分や添加物といった栄養面で彼は危機感を覚えたのかもしれない。

(あの人、自炊しないんじゃなくて、たぶんできないんだわ。家事能力なさそうだし)

由莉は少し勝ち誇ったような気分になりながら、水を入れた薬缶《やかん》を火にかけた。

金沢の老舗から取り寄せたらしいお茶は、銅製の茶筒に収まって、ステンレス台の上に出しっぱなしになっていた。

由莉は茶筒の蓋《ふた》をとって匂いを嗅いだ。出がらし出がらしと不評なのでもしや腐っているのではないかと思ったが、そんなこともなさそうだった。

高級でない茶葉との違いはわからなかったが、まともな焙《ほう》じ茶の香りがする。

厨房の窓は開け放たれていた。

吹き込んできた春風は、桜の匂いを含んでいる。

由莉は良いことを思いついた。

お茶に桜の花でも浮かべれば、出がらしの印象は消えるのではないだろうか。

湯がちょうど良い温度に上がるまでにはまだ時間がかかりそうだったので、由莉は厨房の勝手口から外に出た。

裏庭も手入れがよく行き届いており、枝垂《しだ》れ桜《ざくら》が芝に淡い花影を落としていた。

由莉は咲いたばかりのような桜を一輪、花柄《かへい》から拝借すると厨房に戻った。

湯が沸騰《ふっとう》する手前で火をとめる。

由莉は茶葉を蒸らすあいだに、棚に用意されていた菓子を菓子皿に載せた。

菓子を包んだ若草色の和紙の包みの裏面には、黄身《きみ》しぐれ、と書かれている。

(黄身しぐれってなに？　金持ちの食べ物かしら)

仕事中だが、知的好奇心に負けて素早くスマートフォンで検索してみたところ、黄身しぐれとは、白餡《あん》に卵黄を混ぜて蒸した、菜の花色の和菓子であることが判明した。

和食器のことはなおさら知らなかったが、季節感があったほうがよいのだろうと思って、湯呑み茶碗は桜の絵付けがされたものを選び、由莉は茶菓の準備を整えた。

『あ、今度は出がらしっぽくない』

由莉に供された茶をすすると、河童の隅田川はそう感想を述べた。

『桜の花が浮かんでるから、見た目のイメージ的になんとなく香りがよく感じるってのもあるんだろうけど、なんつーの、こう、心を込めて丁寧《ていねい》に淹《い》れられた感じがするわ』

「ありがとうございます」

普通に淹れただけだが、褒められて悪い気はしない。由莉は嬉しくなって微笑《ほほえ》んだ。

隅田川は黄身しぐれを嘴に放り込み、茶で流し込むと、席を立った。

『ごっそーさん。それじゃあ社長、なにとぞお願いしやーっす』

ちぃーっすと言いながら、隅田川は千早妖怪派遣會社を去っていった。

河童の姿を見送ると、由莉はさっそく千早に訊かれた。

「お前には茶道の心得でもあるのか」

「そんなものあるわけないじゃないですか」

貧乏人に、お公家《くげ》さんのようなお稽古《けいこ》ごとをする余裕などあるか！

荒ぶったツッコミは胸のうちに秘めて、由莉は冷静な声で続けた。

「そしてめんどくさいのでわが家ではいつもティーバッグです」

それも、スーパーで五十個入りとかで売っているお徳用パックだ。

「茶道の心得がない？　だったらなぜ。俺は幼少の頃から茶道をたしなんできたのに」

なぜ俺の茶が出がらしになり、素人《しろうと》の新藤が褒められるのか、と千早はパソコンに向かいながらぶつぶつと呟いていた。

なぜだろう、と由莉も一緒になって真剣に考えた。

金をかけて習ったはいいが、絶望的に茶道のセンスがなかったのでは？

と思ったが、それを言っちゃあ身も蓋もない。

「隅田川さんのご意見から考えるに、丁寧に淹れたかどうかの違いではないでしょうか」

「お前は俺が雑だと言いたいわけか」

「そ、そういうわけでは」

言葉を選んだつもりだったのだが藪蛇《やぶへび》で、由莉が慌《あわ》てたところへ、
コン、コン、と、ちょうどよいタイミングで玄関の扉がノックされる音が響いた。

「次の派遣登録希望者が来たようだ。応対に出ろ」

「はい」

社長命令に由莉は頷くと、足早に玄関ホールに向かった。

今度はどんな妖怪が来るのだろうかと身がまえたが、扉を開けても誰もいない。

「？　？　？　透明人間？」

由莉がきょろきょろしていると、『おーい、こっちだ、こっちだ』と足もとから——かなり低い位置から声がした。

由莉は下を見た。つま先のあたりになにかいた。猫？　いや、犬だ。前足と後ろ足にひとつずつ黒斑《くろぶち》のある、白い犬だった。だが、それは普通の犬ではなかった。

猫に似ているからとか、チワワほどの大きさしかないからとか、そういった細かいことが理由ではなく、浅草《あさくさ》の仲見世《なかみせ》などでよく見かける、まん丸な目をした犬張子《いぬはりこ》だったのだ。青地《あおじ》に紅梅の絵が描かれた鞍《くら》をつけ、赤いでんでん太鼓を背負《しょ》っている。

喋っているということは、妖怪・九十九神《つくもがみ》なのだろう。

「派遣登録希望の方ですね。お待ちしておりました。わたしは新藤由莉と申します」

由莉は名刺入れを出すと、早くも千早から支給されていた名刺を犬張子《いぬはりこ》に渡した。

『拙者《せっしゃ》は豆大福《まめだいふく》でござる！』

「豆大福さん。どうぞ、奥の間へ」

由莉は笑顔で応対した。

豆大福を梅に鶯の間に通すと、千早は席を立って豆大福に挨拶《あいさつ》した。

千早からも名刺を受けとった豆大福は、威儀《いぎ》を正して自己紹介をはじめた。

『いかにも拙者は派遣登録希望者でござる。名は豆大福と申す。鶯堂の主人が病臥《びょうが》し、しばらく店が休業となったため繋ぎの仕事を探しに参ったでござ候《そうろう》』

由莉はそれを聞きながら、隅田川の茶菓の盆を片づけた。厨房で豆大福に供するお茶をあらたに淹れて、漆《うるし》塗りの菓子椀に鶯餅《もち》を載せると、それを持って仕事場に戻った。

面接はすでにはじまっていた。千早の正面の席の机に、豆大福はかしこまったように座っていた。小さすぎて、椅子に座ると姿が見えなくなるので机の上にいるのだろう。

「希望就業先は？」

『「チョコレイ堂《どう》」の看板商品、チョコ苺大福を作る仕事に就きたいでござる！』

「最近三味線横町《しやみせんよこちょう》にできた和菓子屋だね。あそこは採用条件が結構厳しいよ」

由莉は豆大福のかたわらにお茶とお菓子を置きながら、考えていた。

(三味線横町のチョコレイ堂、行ったことはないけれど、ニュースで紹介されてたっけ。くまチョコ饅頭《まんじゆう》とチョコ苺大福が人気で、いつも長い行列ができているとかいうお店)

豆大福はお茶が出たとたん飛びついて、ひくひくと鼻を動かして茶の匂いを嗅いだ。

『やや、これは大層な焙じ茶を。加賀棒茶《かがぼうちゃ》の中でもことに優れた逸品とお見受けした』

「違いがわかるとは、大したものだ」

千早が感心したように呟くと、豆大福は誇らしげに言った。

『拙者こう見えて、和菓子と日本茶のことに関してはプロ中のプロでござる』

「なるほど。それじゃあちょっと履歴書を拝見してもよろしいかな」

『かしこまり申した』

豆大福は背負っていた鞍とでんでん太鼓の隙間《すきま》から、折り畳《たた》んだ小さな紙を取り出した。ようじの包みのようにちんまりした紙だが、それが履歴書なのだろう。

千早は真顔でそれを受けとると、ルーペを使って小さな文字を読みあげた。

「経歴は八幡町《やはたちょう》の老舗和菓子店『鶯堂』での販売及び調理補助経験五十二年。特記事項は典薬寮主催『ぎゅうひコンクール』三年連続一位、同『おこげコンテスト』審査員特別賞受賞、『雛菓子アートフェスティバル』金賞受賞……すごいな」

『賞状のコピーもとってきたでござる』

豆大福は筒状に丸めた紙を机に広げてみせた。するとそこには確かに、「平成二十七年度　典薬寮主催　ぎゅうひコンクール第一位　豆大福殿」と書かれている。

「社長。典薬寮とはなんですか？」

由莉がメモ帳とペンを手にしながら訊くと、千早は端的《たんてき》に説明した。

「平安時代に成立し、一五〇〇年ほど前まで続いていた行政機関だよ。明治時代に廃止されたが、現在でも国家非公認の組織として裏で機能しているんだ。妖怪の医療、教育、労働、生活を支援しようという有識者や元政治家、古い妖怪たちによって構成されている」

「なるほど。そんな秘密の組織があったんですか。日本って意外と広いですね」

千早はだいぶぶっ飛んだことを言っているような気もしたが、由莉は細かいことを考えるのはあとにして、いまはとにかく千早の説明を一生懸命にメモにとった。

「お前、さっきからなにを聞いても動じないな」

「いえ、わりと動じていますが、そういう組織が実在するというなら『あるのか』と思って受け入れるしかないでしょう。でもそういう団体があるっていうのは良いことですね」

「まあね。典薬寮があるからこそうちの裏稼業の経営が成り立っているともいえる。歴史の古い典薬寮は妖怪の雇用者たちからの認知度も高く、多くの店主が名前を登録しているんだ。弊社は時に典薬寮から委託を受けて、派遣スタッフを募集しているんだよ」

「妖怪を雇っている人がそんなにいらっしゃるとは思いませんでした」

「いるよ。お前が気づいていないだけだ。お前が住んでいる事故物件の大家さんも妖怪だっただろう」

「言われてみれば、頭が牛でしたね」

「あとは……、たとえばお前はここに来る途中、七井橋通りのあたりで『妖怪居酒屋』の前を通ったと思うが、あれはコンセプト居酒屋でもなんでもなく本当に妖怪を雇っているんだよ。突然天井から下がってきて客を驚かせるこんにゃくも妖怪だ」

「え。わたし、実はそのお店には父とふたりで行ったことがあるのですが、もしかして、あのときわたしのおでんに入っていたはんぺんも妖怪……」

「いや、それはただのはんぺんだと思う」

由莉はほっとした。千早は、それから豆大福のほうに話を戻した。

「話の腰を折ってしまい申し訳ない。彼女はまだ研修中なので、ご容赦《ようしゃ》いただければと」

『構わぬでござる。拙者にもそんな初々しい時代があったでござる』

豆大福はおおらかに笑ったが、ふと不安げな顔になって千早に訊ねた。

『それで、チョコレイ堂の件は……』

「採用だ」

『えっ！』

「実務経験が五十年以上、あるいは典薬寮主催の『ぎゅうひコンクール』で三位以上の成績をおさめた妖怪であることがチョコレイ堂の店長が示した採用条件なんだが、お前はどちらも満たしているようだからね。日本語が若干おかしいとはいえコミュニケーション能力にも問題はないようなので、チョコレイ堂に話を通しておくよ」

『拙者、受かったのか⁉』

「こちらでは。あとは先方との顔合わせだが、よほど変なことをしない限りは受かる」

『顔合わせとはなんぞや？』

「弊社の派遣スタッフと就業先の担当が実際に会って、勤務条件等の最終確認をおこなうことだよ。多くの場合、顔合わせの日がそのまま勤務初日となる」

『ふーん。なるへそおへそ』

「チョコレイ堂は弊社にとって顧客《クライアント》だ。まっとうなスタッフを派遣することで信頼関係が成り立っている。だからくれぐれも先方にご迷惑をかけないよう、よく働くんだよ」

『がってん承知のすけでござる』

「……。まあいい。とりあえずはこれが弊社との労働契約書に誓約書、および個人情報に関する同意書だ。それぞれに目を通した上、今日の日付と自分の名前を書くように」

豆大福は千早から書類を受けとると、へたくそな字で『豆大福』と書きつけていった。

「よかったですね、豆大福さん」

由莉は微笑んだ。ちょっと頼りない妖怪ではあるが、こんなに手放しに喜んでいると、応援してやりたくなる。

豆大福がすっかりサインを終えたところで、千早が言った。

「新藤、外までお見送りしろ」

「はい。それでは豆大福さん、お出口までお見送り致します」

由莉が先に立って歩き出すと、豆大福はおとなしくくっついてきた。

その足取りは、来たときよりもずっと軽やかになっていた。


さて、それからろくろ首や唐傘《からかさ》お化けの派遣登録希望者を迎え、また見送った頃には、時刻はちょうど十九時になっていた。休憩時間である。

「夕食を作れ。まかない係の新藤」

由莉が履歴書をファイリングしていると、その隣でだしぬけに千早が言った。

いばりくさった口調である。仕事初日の気疲れが溜《た》まり、同時に空腹も感じはじめていた由莉は、千早の態度にいつにも増して荒ぶった。

「え？　本当にわたしが作るんですか？」

「そうだ。――言っておくが、俺は丸いおにぎりしか作れない。三角にできない」

千早はまた自慢にもならないことを堂々と言ってのけた。

（この若手社長、経営力はあるようだけれどそれ以外はきっとからきしだめなんだわ）

そう思ったら、由莉は憐《あわ》れみの情でいくぶんか穏やかな気持ちになれた。

「ご確認したいのですが、わたしが夕食を作ったら、そのぶんの時給は発生しますか」

「三割増で出す」

「三割増!?　労基法の残業規定にもとづく二割五分増よりも高い……、やります！」

「昨夜、お前の家の大家さんからじゃがいもを大量にいただいたから、いもを使え」

「いも……いも……。あ、それでは、いもの煮っ転がしでもやりましょうか」

「じゃがいもといえばヴィシソワーズだろう。あるいは、タルティフレット」

「？　なんておっしゃったのですか？　びしそわーず？　たるてぃ……？　？　？」

「いや、なんでもない。いもの煮っ転がしでもなんでもお前の好きなものでいいよ」

「承知致しました」

由莉は素直に頷くと、厨房に行った。しかし五分と経たずに仕事場に戻ってくる。

「もうできたのか？」

「できるわけないでしょう。社長は本当に自炊なさらないということがよくわかりました。醤油《しょうゆ》もみりんもお砂糖もないのに、どうやって料理しろっていうんですか！」

「材料がないなら、買ってくれば良いじゃないか」

「なんです。その『パンがないならお菓子を食べればいいじゃない』みたいな発言は！」

だいたい、誰が買いに行くんですか、と由莉が訊くと、千早は由莉を見た。

「お前のほかに誰がいる」

「……もう！　なんでもかんでもわたし——」

由莉は憤慨《ふんがい》したが、万札を握らされ「釣りは好きに使っていいよ」と言われると、おとなしく夜の町に繰り出して、駅前の午前一時まで営業のスーパーに向かったのだった。

千早のお金だったので、由莉は調子にのって、結局、国産牛肉がてんこ盛りの肉じゃがを作り、父のぶんはタッパーに詰めた（お釣りは領収書と一緒にちゃんと返した）。

「社長、お味はいかがですか。お口に合いますでしょうか」

母の代わりによく家事をしてきた由莉は料理の腕には自信があったが、料理をふるまう相手が舌の肥《こ》えていそうな千早とあっては、少々不安でもあった。だから、

「おいしいよ。俺が定食屋の店長ならば、これに一五〇〇円の値段をつけるね」

と千早が褒めてくれたときは、たとえおせじでも顔がほころんでしまった。

だが、定食屋で肉じゃが一五〇〇円はぼったくりだと思う。

二日後。豆大福とチョコレイ堂の店長が顔合わせをする日がやってきた。

顔合わせには、派遣会社の社員も同行することになっている。

その日は日曜日。普段は人材派遣業も妖怪派遣業も休業だそうだが、顔合わせの日には

臨時出勤になることもあるという。

由莉は朝から黒いリクルートスーツに身を包み、千早妖怪派遣會社に向かった。

チョコレイ堂が所在する三味線横町は、吉祥寺駅公園口から徒歩十分ほどの、井の頭通りを逸《そ》れた場所にある。千早妖怪派遣會社からもそう遠くないそうだが、ふだんはもっぱら北口にしか行かない由莉は無事に辿りつく自信がなかった。それを千早に伝えたところ、それなら會社に集合して、三人で一緒に行こうということになったのである。

八時十五分までに會社に来るように言われていたが、由莉が到着した八時ちょうどには、すでに仕事場に千早はもちろん、豆大福の姿もあった。黒スーツに黒ネクタイと、全体的に黒っぽい千早の向かいの席に、豆大福がちょこんと座っている。

「おはようございます。社長、豆大福さん」

「おはよう」

『おはようござ候』

「遅くなりまして……」

「いや、まだ充分時間がある。こいつが早すぎるんだ。朝四時に俺を叩き起こしてきた」

千早が豆大福を見ながら言った。

「そうでしたか、それはご愁傷《しゅうしょう》様です。豆大福さんは、はりきってますね」

『そりゃそうでござる……失敗は許されないでござ候……』

豆大福の声は戦《いくさ》を前にした武士《もののふ》のように重々しい緊張感をはらんでいた。

千早は足もとに置いていた黒い鞄《かばん》を手に取ると、立ちあがった。

「それじゃあ行こうか。店長とは八時半に店の前で待ち合わせなんだ。少々早いが、余裕を持って出るに越したことはないだろう」

「はい」と由莉は頷くと、千早と豆大福のあとに続いて歩きだした。

まず千早妖怪派遣會社を出て、七井橋通りに出る。

通りを駅の方向に向かっていくと、いつも由莉が通ってくる井の頭通りに出る。

右に行けば駅だが、千早は左に曲がった。吉祥寺通りに向かって歩くものの、吉祥寺通りには出ず、左に曲がり、右に曲がり、また左に曲がり……左、左、右、左。

物の怪に化かされているのではなく、やや方向音痴《おんち》の傾向がある由莉は途中からどこをどう歩いているのかわからなくなったが、角のひとつをすいと曲がったところで唐突に、黒木造《くろきづく》りの鳥居が立ちはだかった。

千早妖怪派遣會社の近くに立っているような小さな鳥居ではなく、神田明神《かんだみょうじん》の入り口にそびえる鳥居ぐらいの大きさはある。

鳥居の真ん中に打ちつけられた木の板には、墨《すみ》で《三味線横町》と書かれていた。

（ここが三味線横町……。駅の近くにこんな場所があったなんて知らなかった）

千早は勝手知ったる、という様子で鳥居をくぐった。

由莉は黙って千早を追いかけつつも、内心では驚いていた。

有名な北口のハモニカ横町には昭和の香りが漂うが、三味線横町の町並みはもはや昭和初期そのものだったのだ。

アスファルトで舗装《ほそう》されていない埃《ほこり》っぽい道を、三毛猫がのそのそと歩いている。

雲ひとつない青空の下は軒並み木造建築であった。

貸本屋、呉服店、駄菓子屋、金魚屋、氷屋、かんざし屋など、近年絶滅しかかっているような小さな個人商店がどこまでも軒《のき》をつらねていた。

「近隣住民には知られていないだろうが、このあたりは妖怪を雇う店ばかりなんだよ」

天気の話でもするかのように、千早が驚くべきことを口にした。

「あそこに銭湯があるのが見えるだろう」
七、八十メートルほど先に、長い煙突が立っている瓦《かわら》屋根の建物があった。
その軒先を、着物姿のおばあさんがのんびりと箒《ほうき》で掃いているのが小さく見える。

「見えます。小豆《あずき》色の着物を着たおばあさんが立っていますね」

「あれも妖怪だ。俺が幼い頃から番台に座っている。百年ほど前からあの姿だという」

「百年……。じゃあもうベテラン中のベテランですね」

由莉はおばあさんが妖怪であることよりも、むしろ千早が銭湯通いをしている事実のほうに驚いていた。

(見かけによらず、社長はちゃっかり地域社会に溶け込んでいるのね)

やがて目的の店の前で、千早と豆大福は足をとめた。

チョコレイ堂は先月オープンしたばかりの、和菓子とチョコレートを組み合わせた斬新な菓子を扱う店だが、古き良き和菓子屋風に軒下には藍染《あいぞめ》の暖簾《のれん》がかかっていた。

注意していなければ通り過ぎてしまいそうなほど小さな店ではあるが、軒先に掲げられた二本ののぼり――江戸文字でそれぞれ『チョコ苺大福』、『くまチョコ饅頭』と書かれている――はカラフルで目を引いた。

そしてまだ商品が陳列されていないショーケースには「テレビで紹介されました」とか「雑誌に掲載されました」という貼り紙がしてある。――そこへ、

「おお、みなさんもうお集まりで」

暖簾を払って、紺の作務衣《さむえ》をまとった三十代くらいの男性が出てきた。

「店長の鈴木《すずき》です」

千早はスーツの内ポケットに手を突っ込むと、男性に名刺を差し出した。

「千早妖怪派遣會社の千早と申します」

「同じく、新藤です」

由莉も千早に倣《なら》った。鈴木は二枚の名刺を眺めながら、苦笑いを浮かべた。

「このたびは助かりました。急に妖怪の手が足りなくなったもんで困ってたんです。俺の実家は八王子《はちおうじ》で代々妖怪を雇っている和菓子屋でして、まあ兄が跡を継ぐっていうんで俺はこっちで気楽に店を構えたんですが、そんときに大福作りがうまい招き猫の妖怪が相棒としてついてきてくれたんですよ。しかしあいつ、はりきりすぎたのか俺がやめろっていうのも聞かずに一日に大福を百個も二百個も作った挙句《あげく》、腱鞘炎《けんしょうえん》になっちまって」

「それはお気の毒です。……貴店では積極的に妖怪の雇い入れを？」

千早が訊くと、鈴木は笑って答えた。

「ええ、従業員の九割は暁《あかつき》の妖《あやかし》ですよ。暁の妖……つまり日中に生まれた奴らだから、人間には化けられない。さすがに人前には出せねえんで接客は身内だとか、妖怪に理解がある知人らに任せて、妖怪たちには厨房にまわってもらっているんですが」

「手先が不器用なのが多そうな妖怪を何体も雇い入れるのにはなにか理由が？」

「や、たしかに尋常なことじゃないが、勘違いされちゃ困ります。言っときますが小せえからって舐《な》めてタダ働きなんかさせちゃいない。妖怪といえど時給千円、能力次第で昇給ありで働いてもらってます。実はね、うちの実家のお向かいは古道具屋でして。俺が生まれるずっと前にご主人が亡くなって店じまいしたというんですが、そんときに二十も三十もの九十九神《つくもがみ》が路頭に迷っちまったんです。あんまり可哀相《かわいそう》なんでまとめてうちで引きとってやったってわけですよ。大福作りの天才の招き猫もそんときのひとりです」

「それは奇特《きとく》な……。すばらしいご一族ですね。弊社も妖怪たちにとって、貴店のような存在でありたいものです」

千早が穏やかに微笑むのを見て、由莉は感心した。いつも思うが、千早はやはり会社経営者だけあって、素の陰気な笑みと営業スマイルを完璧に使い分けているのだ。

「数々の不躾《ぶしつけ》な質問をしてしまい失礼致しました。招き猫さんが回復されるまで、うちの優秀なスタッフがしっかりと貴店をサポート致しますので」

千早が軽く目配せすると、豆大福がトコトコと鈴木のもとに近づいていった。

『豆大福と申す！　よろしくお願いござ候！』

豆大福の姿を目にとめた鈴木は、ニカッと快活な笑みを浮かべた。

「おっ、ずいぶんと小せえが、生きがいいのが来たな。これで『ぎゅうひコンクール』一位っていうんだから妖怪は見かけによらねぇな。あんたには今日からうちの看板商品、チヨコ苺大福を作ってもらう係としてキリキリ働いてもらうから、覚悟しときな！」

『お頼み申しつかまつる！』

　ふたりはすぐに打ち解けた様子を見せた。

（社長が言ったとおりだわ。町には、うちの事故物件の大家さんに限らず、妖怪が普通に溶け込んでいる場所があるのね）

　由莉は久々にほのぼのとした気持ちになって、江戸っ子たちのやりとりを見守った。いつまでも見ていたくなるような心温まる光景だったのだが、そのかたわらで千早はちらりと腕時計を見ると、由莉に耳打ちした。

「九時から狸が登録に来る。豆大福のことはお任せして、お前も一緒に會社に来てくれ」

「はい」

　いつのまにか千早妖怪派遣會社のまかない係でお茶汲み係にされていた由莉は、心得たように返事をした。千早はあらためて鈴木に向き直ると、丁寧に頭を下げた。

「それでは、よろしくお願い致します」

　由莉と千早は店の中に連れ立って入っていく豆大福たちの姿を見送ると、もと来た道を引き返した。

　事件は、その日の昼休みに起きた。

由莉は會社近くの井の頭公園のベンチで、家から持参した手製の昼食を食べていた。食パンにキャベツの千切りとちくわ、ケチャップをかけて挟んだ貧乏飯《びんぼうめし》の一種である。食事を済ませても會社に戻るにはまだ早かったので、由莉はスマートフォンを見た。

(豆大福さん、うまくやっているかしら)

由莉は気になっていたが、メールを送ったら仕事の邪魔になってしまうだろうと思ったので、呟き検索でこっそりと、豆大福が任されている『チョコ苺大福』と検索した。

すると、その検索ワードに関する呟きが、新しい順にずらりと表示された。

『チョコ苺大福食べたけど、食べても食べても苺が出てこないまま終わった』

『チョコ苺大福に苺的要素が何ひとつなかった』

『【バイトテロ】チョコ苺大福から苺が忽然《こつぜん》と姿を消す　http://……』

『チョコ苺大福に苺が入っていなかった。俺は悪い夢でも見ているのだろうか』

『まぢさぃぁく。チョコ苺大福の件でクレーム入れなきゃ』

由莉はバッグを引っ摑《つか》むと、公園を飛び出した。會社に戻って玄関扉を開けようとしたところ、向こうから開いた。扉を開けたのは黒い鞄を手にした千早である。かすかに息を切らしているところを見ると、急いでいるのかもしれない。だが由莉も急いでいた。

「社長、大変です！　チョコ苺大福が大変なことになっています！」

バッグからスマートフォンを取り出そうとする由莉を制し、千早は硬い声で言った。

「わかっている。俺も鈴木店長から連絡を受け、店に向かうところだ。……こんなミスは通常ありえない。あの犬、冗談みたいな顔のくせしてやってくれたな」

「か、顔は関係ないと思います」

「ふん、なんでもいい。お前も来い、新藤」

千早の顔には、ここにはいない者に対しての怒気がありありと滲《にじ》んでいた。

しかし、直接的に豆大福の被害を受けた鈴木の怒りはこんなものではないだろう。

由莉は決意を込めて頷くと、千早とともに歩きだした。


ふたりがチョコレイ堂に到着し、事務室に通されるやいなや、鈴木の怒声が響いた。

「あんたたち、なんてやつを派遣してくれたんだ！　これはうっかりじゃなく、明らかにバイトテロだろ！　チョコ苺大福に苺が入ってなかったらただのチョコ大福だよ！」

「申し訳ございません」

千早は深く頭を下げたが、鈴木はとても怒りがおさまらない様子だった。

「申し訳ございませんじゃ済まないよ！　悪いが午前中の給金の支払いは拒否させてもらうからね！」

「もちろんお支払いいただくわけには参りません。誠に申し訳ございませんでした」

千早はひたすら平謝りである。平謝りする以外にどうしようもないのだろう。

「豆大福はどちらに」

「バックれたよ！　悪いと思ってるんならひっ捕らえてきて、ここで謝罪のひとつでもさせてみろ！」

「承知致しました。すぐに連れて参ります」

「申し訳ございません」

鈴木は怒ることにも疲れたのか、深く長いため息をついた。

「じゃあもういいよ、とりあえず行ってきな」

「……はい、失礼致します。かならず捕まえて参りますので」

千早が言ってドアに向かうと、由莉も事務室をあとにした。

店を出ると、千早は黒いスマートフォンを取り出した。豆大福には連絡用に携帯電話を持たせていたので、そちらに電話をかけているのだろう。千早は三十秒ほど無言でスマートフォンを耳にあてていたが、やがて諦めたように電話を切った。

「繋がらないですか？」

「繋がらないな。バックれたスタッフと電話が繋がるケースのほうがむしろまれだが……」

「それでは、どうやって探しましょうか。おうちを訪問なさいますか？」

確か豆大福は八幡町の老舗和菓子店、『鶯堂』で寝起きしていたはずだ。

しかし千早は首を振った。

「いや。こちらを警戒して、まだ鶯堂に帰っていない可能性が高い。妖気を辿る」

千早はそう言うと、口を閉ざした。

不思議に思って由莉が彼の顔をうかがうと、まるで火焔《かえん》を映しているかのように、虹彩《こうさい》の淡い瞳に妖《あや》しい黄金《きん》の光が揺らめいていた。

彼はどこを見ているのだろう。

なにか見ているようで、なにも見ていない。

いや、由莉には見えないなにかをおそらく彼はいま見ている。

千早はやがて薄く口をひらいた。まるでものにでも憑《つ》かれたように、端整なその唇から
ぽつぽつと言葉が紡《つむ》ぎ出されていく。

「玉梓《たまずさ》　宵闇《よいやみ》　稲荷の祭《まつり》　初午《はつうま》　二《に》の午《うま》　三《さん》の午《うま》」

「え？　え？　たまずさ？　いなり？」

由莉が困惑して訊き返すと、ふっと千早の瞳から光が消えた。

「総武《そうぶ》線に乗り、三鷹《みたか》駅で中央線に乗り継いで……武蔵境《むさしさかい》駅で降りた。行こう」

どうしてそんなことがわかるのか。

由莉の頭は疑問符でいっぱいになったが、いまはそれどころではなかった。

先に歩きはじめた千早のあとを由莉はともかくも追った。

千早は駅ビルの地下に入ると、知る人ぞ知る、高級カフェへと足を運んだ。

入り口のショーケースには、様々な種類のケーキが宝石のように並んでいた。

千早はひと切れ千円だかそれ以上するケーキを、テイクアウトでいくつも注文した。

由莉は度肝《どぎも》を抜かれた。千早がたくさんケーキを買ったこともそうだが、それよりも、千早の薄い財布から当たり前のような顔をして出てきたのが、由莉がいままでその存在を都市伝説だと信じて疑わなかったブラックカードだったからだ。

確かこれは、年収が一千万だか一億だかないと持てないカードではなかったか……。

由莉が恐ろしいものでも見るようにブラックカードを凝視していると、

「年収が一五〇〇万円以上あって、且《か》つカード会社から招待を受ければ簡単に作れるよ」

訊いてもいないのに千早が親切に教えてくれた。

「どこが簡単なんですか！」

貧乏で気持ちがくさくさしていた由莉は憤慨したが、しいて胸を落ち着かせて訊いた。

「……それで、そんなにたくさんケーキを買いこんでどうなさるのですか？」

「見舞いの品にするんだよ」

「お見舞い？」

「そう。いまから武蔵境の総合病院に行く」

由莉にはさっぱり話が見えなかったが、千早は説明する気もないようだった。

会計を済ませ、ケーキの箱を受けとった千早はタクシー乗り場に向かった。武蔵境なら吉祥寺から二駅なので、電車で行ったほうがお得だし、到着時間もたいして変わらない。由莉は千早にそれを伝えようと思ったが、急に投げやりな気持ちになって、やめた。

（どうせブラックカードの人にとっては、数百円の差なんてミジンコも同然なんでしょ）

吉祥寺駅の東口でタクシーに乗り、武蔵境の総合病院の前でふたりは降りた。

受付で面会許可証を手に入れて、目的の病室へと向かう。

廊下を歩きながら、由莉は小声で千早に訊ねた。

「面会のお相手は梅木《うめき》久次郎《ひさじろう》さん……。鶯堂のご主人だったのですね。梅木さんが入院なさっていることを、社長はご存じだったのですか？」

「いや。ただ豆大福がここに来ていることだけはわかったから、鶯堂の主人も同じ場所にいるのだろうと見当をつけただけだ」

「たいしたものですね。梅木さんはどこかお悪いのでしょうか」

「さあ。だが、主人は八十をとっくに過ぎていたはずだ。多少健康に不具合が生じていてもおかしくない年齢ではあるだろう。……ああ、ここだ」

千早はある個室の前で足をとめた。病室番号の下には『梅木久次郎』と書かれている。

千早は軽くノックをしてから、ドアを開けた。すると――。

『な、なななんだって社長がここに！』

久次郎が休むベッドのほうから素っ頓狂《すとんきょう》な声が上がった。久次郎が発したものではない。

その枕のところにいた豆大福が、妖怪でも見たような顔で千早の顔を凝視していた。

「おや驚いた。これは奇遇だね。豆大福」

千早はしらじらしく豆大福に微笑みかけてから、久次郎に視線を向けた。

「梅木さん、ご無沙汰《ぶさた》しております」

千早が会釈すると、久次郎は相好を崩した。

「おお、姫神様《ひめがみ》のところの紫季《しき》君じゃないか。これは、少し見ないうちに大きくなって」

「あの、姫神様って……？」

由莉が首を傾《かし》げると、千早は簡潔に答えた。

「俺の実家は神社で、姫神を祀《まつ》っている。梅木さんは氏子《うじこ》さんのおひとりなんだよ」

「そうだったんですか」

歳《とし》の離れたふたりの間に、そんな縁があるとは思わなかった。しかしそういえば、千早は神社の息子なのだった。

「そちらのお嬢さんは、ひょっとして紫季君の彼女かい」

「まさか。ただの同僚ですよ」

千早は笑って返すと、「そんなことより」と話題を転じた。

「入院されたと父から聞き、お見舞いにうかがったのですが……」

「そうか。嬉しいよ、わざわざありがとう」

「これはつまらないものですが、よろしければそこにいる可愛《かわい》い仔犬とご一緒にどうぞ」

「ケーキじゃないか。和菓子職人っていう仕事柄、あまり大きな声じゃ言えないが、実は大好きなんだよ。おい、良かったなぁ、豆大福」

久次郎と千早が同時に豆大福を見ると、豆大福はわしゃわしゃと頭を掻きむしった。

『な、なんてこったー！　社長にじいさん、あんたら知り合いだったのか！』

千早は笑みを崩さずに、ベッドの反対側——豆大福が座っているほうに歩いていった。

所在なく立っていた由莉も、千早についていく。

「豆大福、ちょっとそこで仕事の打ち合わせをしたいんだが、よろしいかな」

『えっ』

「……構わないだろう？」

千早は豆大福をひょいとつまみあげた。それから小声で、そっと豆大福に囁いた。

「時間はあるはずだよ。なぜならお前は本来、いまごろ勤務中のはずなのだからね……」

千早の掌中《しょうちゅう》で、豆大福はすっかり蒼くなっていた。

『う……う……』

うえーん、と続くのだろうか、泣いてしまうのだろうか……と案じながら由莉が見ていると、次の瞬間、豆大福は思わぬ行動に出た。

『うるへー！』

千早につままれながらいきなり暴れ出して、彼の顔をぽかぽか殴りはじめたのである。

「こいつ、逆上したか……！」

さすがの千早も驚いたようだった。思わずといった様子で豆大福を解放してしまうと、豆大福は目にもとまらぬ速さでベッドの下の隙間に潜り込んだ。

完全に姿が見えなくなったところで、豆大福の啖呵《たんか》が病室内に響き渡った。

『ふんっ、大方チョコレイ堂の店長に俺をしょっぴいてきて頭を下げさせるようにとでも言われて来たんだろう。だがな、俺ぁ戻る気なんざねぇ。おうおう、こうなったからにゃあ腹の内見せてやるぜ。俺ぁ初っ端《しょぱな》からまともに働く気はなかったんでぇ！』

由莉は冷静な風を装いながらも、内心では、こいつすげぇなと思っていた。

それは千早も同様だったらしい。

「とうとう本性を現したか。こいつ、掻き出そう。新藤、その辺から箒を借りてこい」

「ですが、社長」と、由莉は千早に言った。

「無理やり箒で掻き出すのではなく、自分から出てきていただかなければ根本的な解決にはならないと思うのです。豆大福さん、どうしてバイトテロなどという暴挙に及んだのですか。あなたの無邪気さがそうさせたのではないですよね。作為的ななにかを感じます」

『あんた、癒《いや》し系の可愛い顔しといてなかなか鋭《するで》ぇな。そうさ、俺ぁただ悪ふざけでバイトテロなんかしたんじゃねぇ。チョコレイ堂をぶっ潰してやろうと思ったのさ！』

「豆大福さん、なぜそんなことを」

『あいつらの菓子は邪道だ。ぎゅうひでガトーショコラを包んでみたり、どら焼きにチョコクリームを挟んでみたり。和洋混合のわけのわからん食いもんを和菓子と騙《かた》り、ばらまきやがる。厚顔無恥の愚の骨頂《こっちょう》！　ところがだ。和菓子の和の字も知らねえアホな現代人どもも、チョコレイ堂が売る得体の知れん物体を和菓子ともてはやし、列までなして金を落とす。いまじゃ鶯堂に閑古鳥《かんこどり》。昔の栄華の影もない。さては世も末、末法じゃ！　新参者が老舗を押しのけ邪道な菓子で丸儲《もう》け、俺はそれが我慢ならなかったんでい！』

生まれも育ちも東京の由莉も、豆大福の江戸っ子節には思わず圧倒されてしまった。

だが千早は職業柄、アクが強いひとには慣れているのだろう。

落ち着いた動作でベッドの脇に跪《ひざまず》くと、下の隙間にそっと手を差し伸べた。

「なるほど。お前の言い分《ぶん》はよくわかった。怒らないから、まずは出ておいで。豆大福」

『やなこった！　おめぇ猫撫《な》で声出してっけど目はミジンコたりとも笑ってねーもん！』

千早は舌打ちすると、声のほうを見つめたまま由莉に言った。

「新藤、やはり箒が必要なようだ」

「承知致しました」

と頷き、由莉が病室を出ていこうとすると、

「その必要はないよ」

いままで黙ってなりゆきを見ていた久次郎が、ゆっくりとベッドから降りた。

『おいじいさん、あんた、なんか重い病気なんだろ！　むやみに動き回るんじゃねぇ！』

「なに言ってんだ、お前が他人様《ひとさま》にご迷惑をおかけしてっからだろうが」

久次郎は困ったように笑うと、千早の横に屈《かが》みこんで言った。

「ほら出といで、豆大福。そんなところにいたんじゃ、紫季君が持ってきてくれたお菓子も食えないだろうに」

『ケーキだろ！　俺ぁバテレンの食いもんなんざ食わねぇ！』

「苺が載ってるのもあるんだけどねぇ。豆大福、お前、苺大福好きだろう？」

『苺……。……。…………。く、食わねえ！　これはストだ！　俺の意地でい！』

「頑固な奴だなぁ。俺も死んだ親父も大概職人気質《かたぎ》の頑固者だったが、鶯堂にいるうちに、お前にも移っちまったのかね」

『なんでじいさんは笑ってられんだよ！』

　ベッドの下で、豆大福は泣きそうな声で叫んだ。

『悔しくないのかよ、邪道な奴らに客とられたんだぞ！』

「お客がそっちに流れちまったのは、悔しいがまあ、俺の実力が足りなかったか、あるいは時代の流れってやつだろう。鶯堂も引き時ってわけさ」

『なんでそんな弱気なこと言うんだよ！　これからじゃねーか！』

「お前、鶯堂のために怒ってくれてんだな」

『あたぼうでぇ、俺は創業当初から長《なげ》ぇこと鶯堂の看板犬だった。見守り続けてきてやったんだ。俺は梅木家の人間が好きだ。だからいまの苦境を見ちゃおれねぇんだ！』

「そうかそうか、……ありがとうよ、豆大福」

　久次郎は穏やかにベッドの下に語りかけた。

「でもういいんだよ。俺はもう長くないから、店はどのみち畳むつもりだったんだ」

するとベッドの下で、豆大福が明らかに動揺した。

『なんでだよ、じいさん！』

「なんでと言われても、こればっかりは仕方ないねぇ。息子も継がなかったんだから」

豆大福が沈黙してしまうと、久次郎は続けた。

「なぁ豆大福。他人様を新参者だなんて言って軽んじちゃいけないよ。チョコレイ堂のご主人だって、たくさんの苦労の末にやっと成功したんじゃないかな。俺たちには想像できないような努力もそりゃあしただろうし、つらい経験も山ほどあっただろう。歴代の鶯堂主人となんら変わらない、大和魂《やまとだましい》ってやつを持ってるはずだよ」

『……じいさん』

「なんだい」

『あんた、幸せだったか？　職人として、あんたの生は満足いくものだったか？』

「ああ、もちろんだよ」

『……』

「おいおい、いつまでも意地張ってないでいい加減出てきたらどうだ。紫季君は優しい子だからね。反省して、お前がきちんと先方に詫《わ》びればきっと許してくれるよ。ほら、早く出てこなきゃ苺を食いそびれちまうぞ」

敬愛する主人から、千早が優しいというお墨付きを得たからだろうか。

豆大福はようやくベッドの下から這《は》い出してきた。

そして仁王立ちしていた千早の足もとまで歩いてくると、しょんぼりとして言った。

『すまねぇ、このたびはあんたらにも奉公先にも迷惑かけちまった。チョコレイ堂はクビだろうが、今後はまっとうに生きていく。約束するよ……』

久次郎も、千早に向き直る。

「千早さん、私からもお詫び申し上げます。こいつは俺より歳食ってるわりにはまだまだガキで。……親馬鹿も甚《はなは》だしいですが、どうか許してやっていただけませんか」

一拍置いてから、千早は表情もなく口にした。

「……ええ、本人も反省しているようですしね。梅木さん、私が豆大福に言いたかったことはあなたがすべて代弁してくださいました。豆大福は実によいご主人を持った」

豆大福はうなだれたままだった。

多少なりとも主人に手を焼かせてしまったことで、落ち込んでいるのかもしれない。

由莉は少し考えたあとで、両手で掬《すく》うようにして豆大福を持ち上げた。

「豆大福さん、お茶にしませんか？　わたし、売店で買ってきます。ええと、梅木さんと社長はなにがよろしいですか？」

千早は眉間《みけん》に皺《しわ》を寄せると、小声で由莉に言った。

「茶だと？　お前は楽しそうでいいな。こいつを謝罪に行かせることを忘れてないか」

「とんでもない。ただ腹が減っては戦はできないって言うじゃありませんか。豆大福さん、さっきからお腹《なか》が鳴っているんですよ。低血糖でぼーっとしながら謝ったところで、余計に鈴木さんのお怒りを買うだけだと思うのですが」

するとふたりのひそひそ話を知らない久次郎がにこやかに言った。

「そうだねぇ、私は焙じ茶がいいな。豆大福は麦茶だろ？」

『うん』と、豆大福が、由莉の手の中でこくんと頷いた。

「社長はいかがなさいますか？」

由莉が訊くと、千早は小さく嘆息《たんそく》し、諦めたように口にした。

「……ではコーヒーを」

そういえば、千早は根っからのコーヒー党だと話していたか。

千早の許可を得たことで由莉はほっとして笑い、急ぎ足で病室をあとにした。


それから、およそ一時間後。

ささやかなお茶会を楽しんだあと、ふたりと一匹の姿を見送った久次郎は、ベッドの上でぽつりと独り言を漏《も》らした。

「最後の最後で楽しい思い出ができたもんだ。冥土《めいど》の土産《みやげ》にでもさせてもらおうかね」


そのあとが大変だった。

豆大福は即日解雇となった。……のみならず、千早はその日のぶんの穴を埋めるために、ただちに他のスタッフを手配するよう鈴木から求められたのである。

千早は片《かた》っ端《ぱし》から派遣登録者に電話をかけたが急なことなので代役は見つからず、最終的には千早と由莉がチョコレイ堂の臨時厨房補助スタッフとして日雇い労働をする破目《はめ》になった。

「おい千早!」

チョコレイ堂の厨房に、鈴木の容赦のない怒号が飛ぶ。

「なんだってあんたが描くくまはこんな生気のねぇ顔してんだ! つーか死んでるよ! 白目むいてんじゃねえか! 新藤は——あれ、なんだ意外と絵うまいなあんた」

苺の入っていないチョコ苺大福を買ってしまった客への補償としては、レシートがなくとも、客の自己申告で同じ枚数のチョコ苺大福引換券が配られることになった。

あるいは、その日中に代わりの商品を渡すことになったため、追加のチョコ苺大福がいくつも必要となった。

チョコ苺大福を作るには熟練の技が要るため、鈴木をはじめ、彼の実家から駆けつけてきた応援スタッフはもっぱらチョコ苺大福係にまわされた。

そのぶんもうひとつの看板商品、『くまチョコ饅頭』のほうに手が足りなくなった。

そこで千早と由莉が任されることになったのは、すでに蒸し上がった大量のくまの顔型の饅頭に、チョコペンでひたすら目、鼻、口、ほっぺたのうず巻きを描いていくという仕事だった。ステンレス製の大きな調理台を前に、ふたりは白い作務衣にマスク、ビニールキャップ、ビニール手袋という給食当番のような格好で一時間ほど前から手分けしてくまの顔を描いているのだが、千早は一向に上達しなかった。

定期的にチェックしに来る鈴木が自分の持ち場に戻っていくと、由莉は叱られた千早の手元に視線を落とした。

千早が作ったくまチョコ饅頭は白目をむいて吐血していた。

「その縁起の悪そうなくまは、ひょっとして社長オリジナルデザインですか」

勝手なことしちゃだめですよ、と由莉が眉を顰《ひそ》めてたしなめたところ、千早に睨《にら》まれた。

「お前、俺をいったいなんだと思っているんだ。真面目にマニュアル通りに描いている」

千早はふてぶてしい態度で言ったが、鈴木に叱られたことが多少は身にこたえているのだろう。由莉作のやたらとうまいくまチョコ饅頭を見つめると、急に弱気になった様子で訊ねてきた。

「逆にお前はなぜうまいんだ。なにかコツでもあるのか」

「こんなものにコツもへったくれもありませんが、そうですね、しいて言えば――」

教職課程をとっている由莉は、中学生に教えるような気持ちで千早に教授した。

「まずもふもふ類はおでこが狭いほうが可愛く見えるので、目は上のほうにつけましょう」

「このあたりか？」

千早は白いチョコペンの先でくまの額のあたりを指し示した。由莉は頷いた。

「そう、そのへんです。そして両目は若干離れていたほうが童顔に見えて可愛いです。……そうです、そういうかんじです。次に黒いチョコペンに持ち替えてください。白目にあたるホワイトチョコは気持ち残す程度にして、黒目用のビターチョコペンでほとんど塗り潰してしまうと黒目がちで可愛くなります。そう、三白眼《さんぱくがん》にならないように……」

「こうだろうか」

「そうです！　可愛いです！　社長可愛いです！」

「……」

「あ……いえ、社長が可愛いのじゃなくて社長のくまが可愛いという意味です……」

千早が無表情になったので由莉は一瞬焦ったが、気を取り直して次の工程を説明した。

「いちごチョコペンの出番です。社長のくまが吐血しているように見えるのは、社長がくまの口を描く際に、チョコペンを強く押しすぎているせいです。押し出すのではなく、唇をそうっとなぞるようなかんじで」

「唇をそうっとなぞる……」

千早は由莉が言ったことをぼそぼそと繰り返しながら、笑っているくまの口を描いた。

そこへ、再び鈴木が視察にやってきた。

「そっちはどんな調子だ。あれ、どうした千早、あんた急にうまくなってんじゃねぇか」

「新藤から助言を得ました」

千早があまりに素直に答えるので、由莉は目を丸くした。

「……ふうん。ま、確かに新藤はくまチョコ饅頭の顔を描く才能があるよな」

鈴木は由莉作のくまチョコ饅頭を一通り眺めてから、悪そうな目つきで由莉に言った。

「あんた、千早妖怪派遣會社なんか辞めてうちで働かないか？　時給二一〇〇円、交通費全額支給、さらにまかないつき。そこの社長んとこより条件がいいと思うんだが」

「……店長、新藤をそそのかすのはやめてください。彼女は弊社の大事な——」

「なにムキになってんだ、だいたいあんたに訊いてるんじゃない、新藤に訊いてるんだ」

確かに条件は良いし、鈴木も人が良さそうな店主だ。

……が、由莉は申し訳なさそうに微笑んだ。

「ごめんなさい。せっかくなのですが、まだ千早さんとの契約が満了していないんです」

「契約か。契約、ねぇ……」

鈴木はなぜか千早に同情的な視線を向けると、彼の肩を励ますようにポンと叩いてその場を去っていった。


数日後。

ふたりが黙々とパソコンで仕事をしていると、千早妖怪派遣會社の黒電話が鳴った。

応対に出たのは千早で、彼は廊下でぼそぼそと話したのち、仕事場に戻ってきた。

「どなたですか？」

「父だ。俺に葬儀に参列するようにとの連絡だ。……一昨日の夜、梅木さんが病院で息を引き取ったそうだ。奥さんに看取《みと》られて。眠るように安らかな最期だったとか」

「そう、ですか……」

会ったのはいちどだけだったが、由莉の脳裏《のうり》には久次郎の優しそうな笑顔や穏やかな声が蘇《よみがえ》り、ちくりと胸が痛んだ。千早が席に着くのを待って、由莉は口にした。

「豆大福さんは、これからどうなさるのでしょうか」

息子が跡を継がないので、店はもう畳んでしまうのだと久次郎は言っていた。

少子高齢化のいま、後継者不在で消えてゆく老舗は鶯堂に限った話ではない。

けれど豆大福は、人よりもはるかに長い歳月を生きてきたのだ。

鶯堂の人々と苦楽をともにし、数知れぬ喜びと喪失と、大切なものの死を見送ってきたことだろう。しかしどんなときも鶯堂はそこに当たり前に存在し、豆大福を迎え入れた。

豆大福が帰る場所として、鶯堂だけは豆大福とともにあったのだ。

だがそれすらも、豆大福は失ってしまった。すべてをなくして、あの小さな妖怪は、いったいどこへ行けば良いのだろうか。人々に囲まれて暮らし、人の心さえ持ってしまった豆大福は、山にも海にも帰れない。だからこの先も豆大福は都市で暮らすのだろう。

鶯堂がなくなった東京に、豆大福が行き着く先はあるのだろうか――。

由莉がしんみりと考えていると、コンコン、と玄関扉をノックする音がした。

「あ、わたし出ます」

由莉はさっと席を立ち、部屋を出た。長い入側を進み、アール・デコ調の天井灯が吊《つ》るされた玄関ホールに行く。玄関扉を開けた由莉は、瞳をまたたいた。

そこにはちょうど噂《うわさ》していた豆大福がちょこんと座っていたのである。背には赤いでんでん太鼓のほかに、からくさ模様の入った緑色の風呂敷包みをくくりつけている。

「いったいどうなさったんですか。そんな大荷物をかかえて……」

「職探しか？」

いつの間についてきたのか、由莉の背後でうんざりしたように千早が言った。

「お前、飲食店だけはもうやめてくれないか」

するとくまチョコ饅頭の悲劇など露《つゆ》知らない豆大福はあっけらかんとした顔で言った。

『うん。俺ぁじいさんが死んでから色々考えたんだが、ここで働くことにしたぜ！』

「そうか。まあ不採用だ。今回はご縁がなかったということで」

千早はにべもなく言うと、パタン、と扉を閉めた。

由莉は扉が閉まる直前、隙間から豆大福のなんともいえない、寂しそうな微笑を見た。

由莉は何事もなかったかのように立ち去ろうとする千早の袖《そで》をむんずと摑むと、必死に訴えかけた。

「社長、可哀相ですから、ここに置いてあげるだけでもいけませんか」

「俺にあれを養《やしな》えというのか？」

「はい。なぜならうちでは飼えないのです。その理由として、まず第一に、生物学の非常勤講師である父は根っからの理系人間ですから、豆大福さんなんか見た日には解剖してしまうかもしれないのです。第二に、新藤家は事故物件ですから、豆大福さんが悪霊に襲われる危険性が非常に高いです。第三に食費が――」

「ああもううるさいな！　お前の家で飼えない理由なんてどうでもいい！　俺がだめだと言ったらだめなんだ！」

とうとう千早が切れてしまったので、由莉はしょんぼりとして口をつぐんだ。

『……だめか？』

外で聞き耳を立てていたらしい豆大福が、扉の向こうから訊いてきた。

「だめだ。調子に乗るな」

「……だめなのですか？」

由莉は睫毛《まつげ》を伏せた。明るかった白い顔が、翳《かげ》りを帯びる。

すると千早はチッと舌打ちして、乱暴に由莉の手を振り払った。

由莉の頭を現代文の授業で習ったばかりの尾崎紅葉《おざきこうよう》作『金色夜叉《こんじきやしや》』のお宮《みや》の姿がよぎったが、さすがに千早は貫一《かんいち》のようにお由莉を蹴《け》飛ばしたりはせず、ただ思いきり不機嫌そうに扉を開けた。

「……番犬だ」

「えっ？」

「番犬代わりならいいだろう。ただし変な動きを見せたら即行クビだ！　いいな！」

『わーい！』

豆大福はパァッと顔を輝かせると、勢いに任せて由莉の胸に飛び込んできた。

「ありがとうございます、社長！」

と言って由莉が後ろを振り向いたときには、千早の姿はもうなかった。

さっさと仕事場に戻ってしまったらしい。


柔らかな夕陽の差す入側を歩きながら、千早は忌々《いまいま》しげに吐き捨てた。

「調子がくるう。なぜこの俺が、あんな小娘の言うことを聞かなければならないんだ……！」

彼の独り言は、玄関ホールで浮かれる豆大福や由莉の耳には届かなかった。

夏の怪異と動じない三人衆

五月の大型連休明け。

由莉《ゆり》は今日から授業はじめでもあり、アルバイトはじめでもあった。

放課後、吉祥寺《きちじょうじ》駅前のスーパーでまかない料理の材料を買いこむと、由莉は千早妖怪派《ちはやあやかし》遣會社《がいしゃ》へと出勤した。

千早妖怪派遣會社のアルバイトとして働きはじめてから、半月以上が経っていた。

五月病という言葉は、繊細《せんさい》さとはかけ離れた由莉には無縁である。

もうすぐ初任給が入る。月末締めの十五日振り込みなのだ。

給料日の週末には奮発して、父と焼肉を食べに行くつもりでいる。

（カルビ大盛り……カルビ大盛り……）

通勤コースである七井橋《なないばし》通りを歩きながら肉のことを考える程度には、由莉は千早妖怪派遣會社での仕事に慣れてきていた。

週三日は入るようにしているし、豆大福のバイトテロ事件以降、これといった珍事に遭《そう》遇《ぐう》することもなかったのだ。

代表取締役の千早紫季《しき》、そして番犬とは名ばかりの豆大福《まめだいふく》とともに、妖怪の派遣スタッフに応対し、求人広告を打ち、まかない料理を作るだけの平穏な日々である。

七井橋通りを公園の手前で左に曲がり、住宅地にある小さな朱《あか》い鳥居をくぐり抜ければ、會社へと続く参道のような道が現れる。

まだ日暮れ前なので、灯籠《とうろう》の明かりは入っていない。

和洋折衷《せっちゅう》の趣《おもむき》の壮麗《そうれい》な會社の門前では、いまを盛りと咲き誇る、紅《くれない》の濃き薄き躑躅《つつじ》の花が由莉を出迎えてくれた。

玄関でパンプスを履物《はきもの》入れに収めた由莉は、まず厨房に行って冷蔵庫に食材を入れてから、仕事場に向かって緋毛氈《ひもうせん》が敷《し》かれた入側《いりかわ》を歩き出した。

入側と濡《ぬ》れ縁《えん》を隔《へだ》てる障子《しょうじ》戸は開け放たれていた。

硝子《ガラス》戸越しに、初夏の陽光が降り注ぐ日本庭園が一望できる。

千早妖怪派遣會社の入側に面した日本庭園は、四季折々でその装いを変えるらしい。

四月には桜に椿、桃の花で紅《くれない》に霞《かす》んでみえた庭は、いまは薄紫《うすむらさき》の藤《ふじ》が花盛りだ。

庭園の隅に配置された藤棚には、紫の玉の簾《すだれ》を垂《た》らしたように藤が咲き誇っている。

また別の一角の緑の茂みには、燃え立つような緋色の躑躅が咲き零《こぼ》れ、さらには白や薄紅《うすべに》の牡丹《ぼたん》が艶《あで》やかに初夏の庭園を彩《いろど》っていた。

蔵のような仕事場は、広い洋間の奥、梅に鶯《うぐいす》が描かれた襖《ふすま》が入り口になっている。

洋間と入側を仕切る、松に鶴《つる》の絵の襖は開放されていた。

そこからめずらしく、若い青年たちの話し声が聞こえてくる。

妖怪が集団で登録に来たのだろうかと思いつつ由莉が洋間を覗《のぞ》きこんでみると、いつもは人影ひとつない長机に、千早を含めて七人の男性の姿があった。

みな若く、新卒か、せいぜい千早と同じ歳《とし》くらいの青年たちだった。

耳が生えているわけでも尻尾が生えているわけでもない。普通の人間のようだ。

紺やグレーのスーツに地味なネクタイを締《し》め、首から社員証を提げていた。

《千早人材派遣會社》という文字の下に、それぞれの氏名が書いてある。

彼らはノートパソコンをシャットダウンし、革の鞄《かばん》に荷物をまとめ、まさに帰りじたくをしているところだった。

（あ）

由莉は思い出した。

そういえば以前、人材派遣業の社員たちの勤務時間は八時半から十六時半までだと千早が言っていた。

スマートフォンで時刻を確認すると、まさに十六時半ぴったりであった。

（わたしとしたことが。三十分も早く出勤してしまったのね）

襖のあたりからこそこそと洋間を覗く由莉の姿には、まだ誰も気づいていないようだ。

それにしても。

表稼業が人材派遣業だと聞いてはいたけれど、千早が社員の男性に「電話でアポとっといて」だの、「君の担当スタッフの石橋《いしばし》さん、先月のタイムカードの写しが出てないみたいだけど」だの、ごくごく普通の会話をしているのを聞くと、妙な感じがした。

そしてもうひとつ。由莉は目ざとく発見した。

（社長のネクタイが真っ黒じゃない！）

席に座って書類に目を通している千早の今日の装いは、真っ黒なのはスーツだけで（ビジネススーツが真っ黒なのもどうかと思うが）、ネクタイは濃いグレーの地に細いストライプが入った、特徴もない代わりにヘンテコでもない、常識的な代物だった。

（やっと全身黒づくめがおかしいということにお気づきになったのかしら）

たわいもないことを考えていると、

「あ、お疲れ様です」

鞄を持って洋間を出てきた好青年に、にこやかに挨拶《あいさつ》された。

「お疲れ様、です」

急に声をかけられてしどろもどろになりつつも、由莉も同じように返した。

「社長、お先に失礼します」

「お疲れ様でした」

他の青年たちも千早に挨拶をしてから、ぞろぞろと洋間を出てくる。

由莉の姿を目にとめると、一瞬驚いたような顔をするものの、すぐに営業慣れしたスマイルで「お疲れ様です」と丁寧《ていねい》に会釈《えしゃく》してその場を去っていく。

由莉は洋間に入ろうとして、彼らが小声でひそひそと言葉を交わすのを聞いた。

「いまの、遅番の子かな？」

「じゃないですかね？　社長が女の子雇うなんて、なんか意外な感じです」

由莉は彼らが入側の角を曲がって見えなくなるまでなんとなく見送ってから、洋間に足を踏み入れた。

「おはようございます」

由莉が挨拶すると、机の上で書類の束を揃《そろ》えながら、千早が言った。

「おはよう。今日はずいぶんとお早いお出ましだね。意欲があって結構なことだ。……ところで、さっきからなにをじろじろ見ている？」

襖の陰から千早を凝視していたことに気づかれていたらしい。

「ええと……表稼業の社長は、なんだかとても普通なのだなと思いまして……」

「まるで裏稼業の俺が変人みたいな言い方じゃないか」

変人じゃないですか、と返しそうになるのをこらえて、由莉は千早のネクタイを見つめた。ネクタイがいつもの喪服仕様ではないことに言及しようとしたとき、千早は造りのよい長い指を、おもむろに自分のネクタイの結び目にかけた。

　ネクタイをゆるめて、するりとほどく。

　男子のこのしぐさに色気を感じてときめく女子は多いと聞くが、由莉はときめくもへったくれもなかった。千早はほどいたネクタイをスーツの内ポケットに突っ込むと、代わりにいつもの真っ黒なネクタイを取り出して、手早く締めたのである。

　千早はグレーのネクタイをほどいてから一分足らずで、いつもの喪服姿になった。

　由莉はその早業《はやわざ》に感心しつつ、訊《き》いた。

「そのネクタイチェンジには、なにか呪術的な意味あいでもあるのですか?」

「ないよ。単なる気分転換だ」

「そうですか」

　いちいち突っ込むのも面倒なので、由莉はそこは適当に流しておいた。

　そこへ、

『お由莉、なんか菓子の匂いがすんぞ!』

　由莉の足もとに、とてとてと豆大福が駆け寄ってきた。

「おはよう、豆大福。気配がなかったけれど、いったいどこから湧《わ》いて出てきたの?」

由莉は先月から千早と同居している犬張子《いぬはりこ》の九十九神《つくもがみ》・豆大福に訊いた。

豆大福が『お由莉』と呼んでくるので、由莉ももう豆大福を呼び捨てにしている。

『おう、俺はプリンターの上で置物のふりして寝てたんだ。表稼業の連中は幽霊だの妖怪だのと無縁らしいんで、俺を見て大騒ぎされちゃあかなわねぇと思ってよ。そんなことよりよ、お由莉からほのかに香る菓子の匂いはなんだ？』

「連休中に大学の先生と友人と一緒に、上野《うえの》の国立博物館に行ったの。お土産《みやげ》にどら焼きで有名な和菓子屋さんでどら焼きを買ったのよ」

由莉はバッグの中からどら焼きの包みを三つ取り出すと、豆大福と千早に配り、残りは自分の手元に残した。

どら焼きを包む透明のビニールには、可愛《かわい》らしいうさぎの絵が描かれている。

千早は手にしたどら焼きを眺めながら、薄ら笑いを浮かべた。

「花の女子大生が大型連休に博物館で勉強か。絵に描いたような非リア充でなによりだ」

「そういう社長はどこかへお出かけになられたのですか？」

「俺はもちろん引きこもりだ。しいて言うなら豆大福を駄菓子屋に連れていったかな」

「そうですか。わたし以上に非リア充な人がこの世に存在したようで安心致しました」

『俺、紫季に駄菓子屋にある菓子全種類買ってもらった！　もう食っちまったけど！』

「そう、それはよかったわね。あなたは可愛いわね、豆大福」

由莉は屈《かが》んで、豆大福の頭をよしよしと撫《な》でた。

そうしているあいだにも千早が洋間の奥、梅に鶯が描かれた襖を開けたので、由莉もついていった。

始業までにはまだ少し時間があるけれど、登録者を迎える準備をするのかもしれない。先に蔵のような仕事場に入った千早に続いて、由莉と豆大福も入室した。

裏稼業の仕事部屋はいつ見ても雑然としている。

天井からは紅《あか》、白、金襴《きんらん》の宝尽くしの吊《つ》るし雛《びな》が下がっているし、古びた棚の上には錦《にしき》絵《え》だとか、花鳥《かちょう》を彫り出した鼈甲《べっこう》の櫛《くし》だとか、雲母《きら》びきの美しい古書だとかが無造作に置かれている。

千早が処理したのか、連休前にはあったはずのいくつかの道具はなくなっていた。

逆に、あらたに増えた品もある。たとえば棚の一角、紺地金泥《こんじきんでい》の着物を纏《まと》ったからくり人形が陣取っていた場所には、今日は日本刀の鍔《つば》と思しきものが置かれている。夜光貝《やこうがい》や真珠貝で花模様が描かれた、見事な螺鈿《らでん》細工の鍔である。

棚の隅に置かれていた鍵《かぎ》付きの硝子の小箱の中では、翡翠《ひすい》の珠《たま》に変わって、銀の瓔珞《ようらく》が綺羅星《きらぼし》のように輝いていた。そして——

「今日はやけに机の上がとっちらかっていますが、これは何事でしょうか」

普段は唯一片づいている机の上にも、大きさの不揃いな桐箱が三つ置かれていた。

三つの桐箱の蓋《ふた》には一様に、何事か書きつけられた短冊形のお札が貼られている。

そして札の横にはそれぞれ《藤に郭公《ほととぎす》》、《菖蒲《あやめ》に八橋《やつはし》》、《牡丹《ぼたん》に蝶《ちょう》》と毛筆の達筆な文字で記されていた。

「表稼業の仕事中に送りつけられてきたものなので、散らかっているのは仕方がない。……まあ、とりあえず座ったらどうだ」

千早が腰かけたので、由莉もいつものとおりにその横の席に座った。

「本日の前半は、少し隙間稼業のほうに時間を割《さ》こうと思ってね」

「隙間稼業……」

「面接の日にちらと話しただろう？　俺は派遣業のほかに、ほとんど趣味で、いわくつきの品のお祓《はら》いや妖怪のためのよろず相談を受けているんだよ。今日は前者だ。この桐箱が地味に場所をとるので、さっさと祓って持ち主に返したいと思っている」

「祓うということは、この桐箱の中身はいわくつきのものなんですね」

「そう。依頼人が家の蔵の整理をしていたら出てきたらしいよ。蓋を開けてみたところ、恐ろしい妖怪が入っていたとか。それで妖怪たちから怨念《おんねん》を取り除いて、せめて怖くない妖怪に戻してほしいそうだ」

「妖怪は妖怪のままで良いわけですか」

「彼は妖怪に理解がある人物だからね。それに俺は妖怪の調伏《ちょうぶく》はおこなっていない」

「そうなんですか。では、お祓いというのは？」

「あくまでも妖怪から悪い気というか――怨念の部分のみを浄化するだけだ。少し悪戯《いたずら》が過ぎるからといって、妖怪を問答無用で退治するのはさすがに理不尽だろう」

「ええ。妖怪の生存権を侵害しているともいえますね」

ですが、と由莉は続けた。

「隙間稼業などおこなっている場合ですか？　今日はこれから濡れ女さん、次に豆腐《とうふ》小僧さんが派遣登録に訪れる予定だったはずです」

「それがね、来ないんだよ」

「は？」

「早朝、そのふたりから立て続けに連絡があったんだ。濡れ女は連休中、かき氷を食べすぎたあげく腹を下し、現在寝込んでいるそうだ。また、ジーマーミー豆腐を食べに連休を利用して沖縄に行った豆腐小僧は、大型連休が今日までだと勘違いしていたらしく、まだ沖縄にいる。それで二時間ばかりぽっかりと時間が空いてしまったわけだ。まったく、ゴールデンウィークだのなんだのと言ってどいつもこいつも浮かれて……」

千早がぶつぶつと文句を垂《た》れていると、その向かいの席に座った豆大福が『うぷぷーっ』と噴き出した。

『紫季が言うと非リア充の妬《ねた》みにしか聞こえねーでやんの！　おめーもさっさと一緒にかき氷食ったり旅行する彼女でも作ればいいのによ～。もうお由莉でいいじゃん』

「いやだ！」

「いやよ！」

全力で拒否した千早と由莉の声が、ぴたりと重なった。

千早と由莉はしばし無表情で見つめ合った。ぴりぴりした空気が流れたあと、先に口をひらいたのは千早のほうである。

「気があうな。では、気があいついでにお前にも手伝ってもらうよ、新藤」

火の粉を撒《ま》き散らした豆大福はもう会話に加わらず、黙々とどら焼きのビニール包みを剝《は》がしていた。千早はそんな豆大福にも冷たい目を向けた。

「豆大福。他人事《ひと》じゃないぞ。お前も手伝え」

『ええ～、なにを手伝えばいいんだよ。俺、怨念の浄化なんかできねーよ』

「社長、わたしもです。悪霊をグーでパンチすることならできますけれど」

「大丈夫だ、そちらの方面は端《はな》からお前たちに期待していない。俺がこのたびお前たちに求めているのは知恵だよ」

「『知恵？』」

由莉と豆大福が同時に訊き返すと、千早はうっすらと微笑《ほほえ》んだ。

「三人寄れば文殊《もんじゅ》の知恵というだろう？　せっかくの機会に、お前たちの知識や洞察力を存分に試させてもらおうと思ってね」

その言葉に、由莉の負けん気に火がついた。

昔から、模試だのテストだのといった勝負ごとになると、全身の血が滾《たぎ》るのだ。

「なんだかよくわかりませんが、望むところです！」

『俺も！　俺ぁ売られた喧嘩《けんか》は買う主義なんでい！』

豆大福もカッカした様子で千早の話に乗った。

「よろしい。それでこそうちの社員だよ」

千早は満足そうに笑うと、三つの桐箱の蓋を、ひとつひとつ開けていった。

《藤に郭公》と書かれたＡ４サイズくらいの平たい桐箱の中には、藤の木に郭公がとまっている一枚絵が収められていた。

相当古い時代のものなのか、紙の随所《ずいしょ》に経年劣化が見られる。

もとの色彩は鮮やかだったのだろうが、藤の花の紫はくすみ、かすかにひらかれた郭公の嘴《くちばし》の中も淡い桜色であった。絵が極めて写実的に描かれているところを見ると、これを描いた絵師はできるだけ本物の郭公に近くなるように、もとはおそらく、嘴の中を猩々緋《しょうじょうひ》のように真っ赤《まっか》な色で塗ったのではないだろうか。

《菖蒲に八橋》と書かれた小さな正方形の桐箱からは、菓子を載せるのにちょうど良さそうな色絵皿が一枚現れた。

「こちらも古そうですね」

割ったらえらいこっちゃだわ。高そうな代物を前に危機回避本能が働き、由莉は条件反射のようにサッと色絵皿から離れた。すると千早が普通の顔で言った。

「これはそんなに古くないよ。せいぜい江戸後期くらいのものじゃないか」

「社長は骨董《こっとう》品にお詳しいんですね」

「ふん、当然だろう。俺は『なんでも査定団』を毎週欠かさず観ているのだから」

「とどのつまりは素人《しろうと》なんですね」

由莉は相槌《あいづち》を打ちながら、遠巻きに絵皿を眺めた。

細かな傷はあるものの、大切に扱われていたのか、絵には剝《は》げたところも見当たらない。おかしな点があるとすれば、蓋には《菖蒲に八橋》と書かれているのに、絵皿に描かれているのが菖蒲の花だけだという点だ。

《牡丹に蝶》と書かれた桐箱を千早が開けたとき、千早の手が一瞬ビクッとなった。

由莉と豆大福の心臓も同時に縮みあがった。ゾンビのような顔をした日本人形が入っていたのである。

真っすぐに切りそろえられた髪。

昔の貴族の童女がしているような振り分け髪だが、人形が纏った着物はきらきらしいものではなく、帯も白、半襟《えり》も白、襦袢《じゅばん》も白、ひたすらに真っ白な着物だった。

この箱に至っては、もはやどこに《牡丹に蝶》の要素があるのか不明であった。

『なんだこのおっかねぇ人形。さすがの俺も肝が冷えたぜ』

などと豆大福はコメントしながら、いわくつきの《菖蒲に八橋》の色絵皿にナチュラルに自分の食いかけのどら焼きを置いた。なかなか肝っ玉のふてぇ野郎である。

由莉が感心している横で、千早が説明した。

「依頼人いわく、『これら三つの古い器物はすでに悪い妖怪になりかけており、こうして札でも貼っておかなければ面倒なことになる』のだそうだよ」

「面倒なこととは？」

由莉が訊き返したそばから、さっそく面倒なことが起きた。

まず《藤に郭公》の絵に描かれた郭公が、大きく嘴を開け、絹を裂くようなけたたましい声で啼《な》きだしたのだ。鼓膜《こまく》が破れんばかりの大音量に、その場にいたふたりと一匹は思わず耳を塞《ふさ》いだ。その間にも、残るふたつの箱の中で次々と怪異が起こる。

《菖蒲に八橋》の絵皿に描かれた菖蒲にはいきなり大きな人間の口が出現し、豆大福が載せていたどら焼きをひと口でむしゃむしゃと食べてしまった。

《牡丹に蝶》のゾンビ人形は黄色い歯をむき出しにして、『うぅ〜、寂しいよぉ〜帰りたいよぉ〜』と嘆《なげ》きの声をあげながら、目からは涙、鼻からは洪水のような鼻水を流した。

由莉も千早も豆大福も、しばし茫然《ぼうぜん》となった。

いち早く正気に返ったのは豆大福だった。

『てめぇコンニャロ俺のどら焼き返しやがれ!』

豆大福は絵皿を摑《つか》むと、血走った目で菖蒲の絵を睨《にら》みつけた。

すっかりどら焼きをたいらげてしまった菖蒲の花は、豆大福を挑発するように口元だけでニヤニヤと笑い、あまつさえ、怒《いか》れる豆大福にげっぷまでお見舞いした。

『コンニャロー!』

豆大福が激情のままに絵皿を叩き割りそうな勢いだったので、由莉は豆大福をひょいと抱き上げて絵皿から離し、「どうどう」と言って豆大福を落ち着かせた。

「なるほど、確かに全部妖怪のようだ」

千早は面白そうに言うと、《藤に郭公》の絵に手のひらをかざした。

同じように、《菖蒲に八橋》にも手をかざす。

「社長。なにをなさっているのですか？」

「妖怪たちの嘆きの声を聞いているんだよ」

千早は《牡丹に蝶》の人形にかざしていた手を下ろすと、「やはり間違いないな」とひとりで納得したように呟いた。

「妖怪たちが嘆くのは、かれらに必要ななにかが欠落しているからだ」

「それでは、必要ななにかを補《おぎな》ってあげれば怨念が浄化されるということですか？」

「そういうことになる」

千早が頷くと、由莉の手の中で徐々に落ち着きを取り戻しはじめていた豆大福が、地の底を這《は》うような低い声で言った。

『そんなら、《菖蒲に八橋》は俺が片をつけてやるぜ』

「豆大福……」

『お由莉、手出しは無用だ。おめぇも貧乏人ならわかるだろ？　食いもんの恨みってやつがいかに根深《ぶけ》ぇかをよ』

「ええ、わかるわ」

由莉は優しい声で言った。

「わたしは小学校三年生のときに隣の席だった山田《やまだ》に給食のプリンを奪われたあげく食べられたことを、いまだに鮮明に憶《おぼ》えているもの。成人式で再会したあかつきにはわたしが考えうるもっとも残忍な方法で復讐《ふくしゅう》する予定でいるわ」

『おう、それでこそ八百屋《やおや》お七《しち》ならぬ貧乏お由莉だ』

豆大福はドスの利《き》いた声で言うと、呪詛《じゅそ》のようにぶつぶつと呟きはじめた。

『菖蒲に八橋……菖蒲に八橋……』

菖蒲に八橋

『菖蒲に八橋……と蓋に書かれているにもかかわらず、実際のところ、絵皿には菖蒲の絵しか描かれてねぇ。てことは、足りねぇのは普通に考えて八橋だ』

「だろうな。では、割《わ》り箸《ばし》かなにかで橋に見立てたものでも作って皿に載せてみようか」

「なるほど、社長。名案ですね。それでその橋は誰が作るんですか？」

「お前のほかに誰がいる」

「またわたし！」

『いや、紫季、お由莉。おそらくこいつぁ割り箸で解決できるような問題じゃねぇ』

小競《ぜ》り合いになりかけていた千早と由莉に、豆大福が低い声で言った。

『見ただろ、こいつ、俺のどら焼きを食ったんだぞ。目にもとまらぬ速さで』

「お前、どら焼きのことはいったん忘れたらどうだ。怒りというものは目を曇《くも》らせるぞ」

『俺ぁ冷静だ』

豆大福は険のある目つきをして千早を睨みつけた。

『紫季、俺ぁこう推理した。即行でどら焼きを食ったってことは、こいつは無類の和菓子好きだ。てことはだ、京都土産の八ツ橋を載せてやればいいんだよ。そもそも皿ってのは食いもんを載せるためのもんだろう？　てわけで紫季、小遣いくれ』

豆大福はサッと千早に手を出した。

千早は乞《こ》われるままに財布を取り出しつつ、冷静な声音《こわね》で口にする。

「菓子が食いたいだけのお前にうまく乗せられているような気がしないでもないが、そのわりには変な説得力があるな。仕方がない、これで三味線《しゃみせん》横町の妖怪がいとなむ和菓子屋で八ツ橋でもなんでも買っておいで。お釣りが出たらどら焼きも買うといい」

千早は諭吉《ゆきち》の顔が描かれたお札を一枚、豆大福に渡した。由莉は顔をしかめた。

「社長。あまりちっちゃい子に大金を持たせるのは感心しませんよ。それに八ツ橋とどら焼きなんて、ふたつ合わせたって千円もあればお釣りがくるんじゃないですか？」

「別にいいんじゃないか。豆大福はこんなんでも俺たちよりずっと年上だ。だいいち、俺は小銭を持たない主義なのだから、千円札なんかないよ」

「せせせ、千円札を小銭とおっしゃったのですか!?」

由莉が目をむいているうちに豆大福は福沢《ふくざわ》諭吉を入れたがま口を首から提げ、戦に向かう武士のような足取りで仕事場を出ていった。

牡丹に蝶

うさぎの絵が描かれた包みに入ったどら焼きは、さすが上野の名店の看板商品なだけあって、たいそう美味であった。

優しい蜂蜜《はちみつ》の香りが漂《ただよ》う皮は絹のようにふわふわしっとりした食感で、餡《あん》はとろけそうなくらいに柔らかく、甘い。

胸にしみわたるようなおいしさに、由莉は思わず口元をほころばせた。

どら焼きを失った豆大福が出かけている隙に、由莉と千早は自分たちだけでこっそりとどら焼きと熱い緑茶でお茶にしていた。

けれどサボっているわけではない。郭公は相変わらず啼きっぱなしだし、ゾンビ人形の涙も鼻水もとまる気配がない。サボっている場合ではないのだ。

由莉はお茶をひと口飲み、ゆるんでいた頰《ほお》を引き締めると、《藤に郭公》の絵と《牡丹に蝶》の人形を見比べながら頭を働かせた。

「豆大福の推理は良い線をいっていたと思いますが、このふたつはどう解釈しましょう。《菖蒲に八橋》のように明らかに片方が欠けているならわかりやすいですが、《藤に郭公》はどちらも欠けていませんし、《牡丹に蝶》に至ってはどちらも欠けています」

千早はゾンビ人形を両手で抱き上げると、じろじろと着物を観察した。

「着物に牡丹や蝶の文様があるわけでもないしな」

「婚礼衣装ではないですよね。死装束《しにしょうぞく》でしょうか」

「死装束、それだ！　これは死体の人形なんだ！」

ハッとひらめいたように叫んだ千早に、由莉は「なにをいまさら……」と言った。

「顔がゾンビな時点で、死んでいることは明らかじゃないですか」

「いや、怨念のために姿がゾンビになってしまったという可能性もあったから」

「そうですか。それで、人形の衣装が死装束だと、なにか思い当たることがおありなのですか？」

千早は手にしていた人形を桐箱に戻しながら、余裕を含んだ微笑を浮かべた。

「ああ。お前のおかげで謎《なぞ》が解けたよ。《蝶》はすなわち、この人形なんだ」

由莉は目をぱちぱちさせた。

「……？　なぜ蝶イコール死体人形となるのですか？」

「新藤。蝶の蛹《さなぎ》というものは、まるで死んでいるように見えないか？」

「言われてみれば、微動だにしませんね。蛹の中はどうなっているんでしょうか」

「そんなことも知らないのか。蛹の中では幼虫がドロドロに溶けているんだよ。幼虫が蝶になる際のこのようなプロセスは、完全変態《メタモルフォーシス》と呼ばれている」

「……ドロドロ……そうですか……」

ほっこりとお茶を飲んでいた由莉は微妙にいやな気分になったが、千早はお構いなしに説明を続けた。

「醜《みにく》い幼虫が美しい蝶の姿へと変化を遂げるんだ。……蝶というのはなんとも神秘的だね。そこで昔の人々は羽化する蝶を見て、こう考えたわけだよ。蝶は復活した死者か、あるいは死者の霊魂《れいこん》であると。蝶は古代ギリシアでは人間の死霊だとされ、古代日本では常世《とこよ》の神と呼ばれた。蝶は世界の至るところで死の象徴と考えられているのさ」

「なるほど。それで社長は死体人形を、イコール蝶だと解釈されたわけですね」

「そうだ。というわけで、彼女にはとびきり美しい牡丹の花を手向《たむ》けてやろう」

千早はどら焼きの最後のひと口を口に放り込むと、「庭から牡丹を切ってくる」と言い置いて、颯爽《さっそう》とその場を去っていった。

ほどなくして千早は、雪のように真っ白な牡丹を片手に戻ってきた。

「造作もないな。この謎解きは、俺には少々簡単すぎたようだ」

千早は調子に乗った様子で言って、死体人形の横に牡丹を置いた。

――が。

人形はゾンビ顔のまま、よりいっそう大粒の涙をぽろぽろと零《こぼ》したのだった。

『うっうっ……うううぅ～違うぅう～、これじゃなあぁぁぁい！』

「だそうです」

「馬鹿な！」

千早は叫んだ。

少し前までのドヤ顔はどこへやら、癇癪《かんしゃく》を起こしたように髪を掻《か》きむしっている。

「俺の読みが外れただと!?」

由莉は口に入っていたどら焼きを飲み込んでから、思いついたことを言ってみた。

「じゃあ豆大福と同じように、箱に牡丹餅《ぼたもち》でも入れてみたらどうでしょうか」

「いやだ！　よりにもよってあんなののマネッコじみたことはしたくない！」

子供か、と由莉は呆《あき》れながらお茶をすすった。

「死体イコール蝶というのは合ってそうですけどね……」

「……新藤」

「はい？」

由莉が首を傾《かし》げると、千早は黄金《きん》色の瞳をぎらつかせながら、低い声で言った。

「《牡丹に蝶》は俺の案件だ。お前はいっさい手を出すな。口も出すな」

自信満々の推理が外れたからか、千早は相当ムキになっているようだった。

こいつ結構めんどくさい男だなという思いは隠し、由莉はおとなしく従った。

「承知致しました」

由莉はそれきり人形のことには干渉せずに、啼き喚《わめ》く郭公の絵をぼーっと観察した。

その隣で、千早は無言で人形のあちこちを検分している。郭公の謎を解く手がかりも見つからず、由莉がひとつあくびをしたとき、横から千早に肩をつつかれた。

「おい、見てみろ」

「なんでしょうか」

「人形の足の裏に刻印がある」

千早は由莉にもよく見えるように、由莉の鼻先に人形の足をずいと近づけた。

足はゾンビ化しておらず、白く硬質な足の裏には次のような彫刻がほどこされていた。

produit en France en 1876

一八七六年フランス製、という意味のフランス語だ。

「この死体人形はフランスで作られたわけだ。一八〇〇年代後期といえば――」

「ヨーロッパで日本趣味《ジャポニスム》が流行した時期ですね」

由莉が優等生らしくすぐに回答すると、千早は大きく頷いた。

「そのとおり。ということは、一八七六年当時、実際にフランスでこういった日本的な人形が作られていたのだとしても、それは時代背景からして別段奇妙なことではない」

「おっしゃるとおりだと思います」

「〝bouton〟」

「はい？　いまなんて？」

「なんて聞きとれた？」

「……ブトン？　ボタン？」

「そう、フランス語を無理やりカタカナで表現するならば『ブトン』がもっとも近い発音だろう。しかし我々日本人の耳には、『ボタン』とも聞こえる」

千早はお茶で口を湿《しめ》した。それから、艶《つや》やかに濡れた唇《くちびる》で不敵に微笑んだ。

「……俺は二度は間違えない」

千早は湯呑《ゆの》みを置くと、席を立ってその場をあとにした。

また庭園に出たらしく、千早が戻ってきたとき、今度はその手にたくさんの蕾《つぼみ》がついたスズランの花を一本握りしめていた。

千早は桐の箱の中から牡丹の花を取り除くと、代わりにスズランの花を手向けた。

すると信じられないことが起きた。

ゾンビ化していた人形の皮膚《ひふ》は、まるで映像を逆再生したかのように、たちまち珠の肌へと変化していったのだ。

淡雪《あわゆき》のように白い頬に、露《つゆ》をたたえた桃の花のような唇。

閉じられた瞼《まぶた》は貝殻のようで、眠り姫のように美しい。

「お、怨念が浄化されたのですか？」

由莉が瞳をまたたくと、千早は優雅にお茶を飲みながら言った。

「ああ。綺麗《きれい》に浄化されたよ」

「なぜですか？　いったいどういった理屈で？」

「《bouton》はフランス語で蕾の意。フランス製の《死体《蝶》人形》は、牡丹よりも祖国の花——たとえばスズラン——の蕾《ボタン》が恋しかったんだろう。……まるでダジャレだな」

「確かに言葉遊びみたいですけれど、お見事です、社長。わたし、まさか社長がフランス語に堪能《たんのう》でいらっしゃるとは思いもしませんでした」

「話せて当然だ。フランスに語学留学した経験があるのだからね。しかしだからと言って英語まで達者なわけではない。なぜならフランス語はラテン語族だが、英語はゲルマン語族だからだ。よって英文のメールにはもっぱら『翻訳《ほんやく》の王子様』というソフトを使っている。あれはお勧めだ。たまにわけのわからない翻訳をやらかすけれどね」

千早は謎を解いたことで上機嫌になったのか、別に言わなくてもいいことまでペラペラと喋《しゃべ》った。由莉は適当に流すことにした。

「そうですか。憶えておきます」

「さて、新藤」

千早は透きとおった琥珀《こはく》のような目で、ちらりと由莉を見た。

「お前の休憩時間はおしまいだ。俺は《牡丹に蝶》の謎を解き、豆大福は《菖蒲に八橋》の謎を解くだろう。残る《藤に郭公》の謎を解くのは、お前の役目だ」

藤に郭公

《菖蒲に八橋》、《牡丹に蝶》と違い、《藤に郭公》の桐箱には、いわくつきの絵と一緒に長方形に折り畳《たた》まれた紙が入っていた。

紙の状態を見る限り、絵よりも後世に書かれたものかもしれない。

由莉が紙を破らないようにそうっと広げてみると、毛筆の変体仮名でつらつらと、由緒書きのようなものが記されていた。

「読め。日本文学専攻の学生」

「ええと……『時は醍醐《だいご》天皇、……の、御代《みよ》』……」

横から覗きこんできた千早に命じられるまま、由莉はたどたどしく読みあげた。

漢字の部分はかろうじて読めるが、由緒書きの大半を占める慣れない変体仮名に由莉は苦戦した。

いくら日本文学専攻といっても、変体仮名に触れたのは大学生になってからなのだ。

由莉は学校にも持っていっているバッグから変体仮名一覧表を取り出すと、一文字一文字、大変な時間をかけながら解読していった。

「ゆ、ふ……か、け……『げ』かしら？　——と……いふ姫、……あ、……り……」

「そこまでで結構」

案の定というか、気が短い千早は早々に由莉の音読をやめさせてきた。

「なるほどね。一年生には変体仮名は少々難しい、と」

「ご実家が神社で、祝詞《のりと》に親しんでいるはずの社長なら読めるのではないですか」

「祝詞は丸暗記したが、変体仮名など読めるわけがないだろう。俺は現代人だぞ」

逆切れモードで睨まれて、由莉はため息をついた。

「それでは、あとで変体仮名の時代から生きている豆大福に読んでもらいましょう」

「それがいい」

というわけで由莉は由緒書きをひとまず置いておくことにして、依然として郭公が悲鳴のような声で啼き続ける《藤に郭公》の絵をじいっと見つめた。

「この花はどう見たって藤ですよね……」

「そうだな。では鳥のほうは？」

「郭公でしょう」

「絵に描かれているのは本当に郭公なのだろうか。羽が薄墨《うすずみ》色の小鳥など他にいくらでもいそうなものだけどね」

「いえ、郭公ですよ」

「なぜ断言できるのかな？」

千早が訊いた。純粋に疑問をいだいているというよりは、本当は答えを知っていながら、わざと由莉を試しているような、意地の悪い口ぶりだった。

しかし由莉は動じずに、大きくひらかれた郭公の嘴を指さした。

「だいぶ色褪《あ》せていますけれど、口の中がわざわざ紅く塗られているからです。『古今和歌集《こきんわかしゅう》』にこんな歌があるんです。『思ひいづるときは山の郭公』……」

「『唐紅《からくれない》のふりいでてぞなく』か」

「……よくご存じですね」

「ありとあらゆる芸事を叩きこまれて育ったからね」

「茶道だけではなく？」

「茶道、華道、歌道、香道、武道ならば剣道、弓道。茶道だけは身にならなかった」

「存じ上げております。なにしろ出がらし味のお茶ですからね」

「そんなことはさっさと忘れろ」

千早は不機嫌もあらわな声で言ったが、なにを思ったのか、急に微笑んだ。

「……それとも、言わなくてもいいことをわざわざ言うということは、俺に記憶を抹消《まっしょう》してほしいのかな」

千早の黄金《きん》色の瞳がきらりと光る。

「き、記憶を消すなんて。そんなこと、いくら社長だってできないでしょう？」

「それがね、できるんだよ」

千早は横から手を伸ばすと、由莉の頭のてっぺんに軽く触れた。

「憶えているかな。面接の際に、お前を雇う前に連続十人のアルバイトにバックれられたという話をしただろう。あのときも、バックれたアルバイトの記憶から妖怪や會社、俺にまつわる記憶をことごとく消してやったんだよ。そうしないと後々《あとあと》面倒なことになりそうだろう？」

からかっている風ではなかったので、由莉は椅子《いす》ごと移動して千早から距離をとった。

「社長はどうしてそんなことがおできになるんですか」

「企業秘密だ。アルバイトごときには言わない。表稼業の社員にも言わないが」

「じゃあ、わたしが妖怪派遣會社の正社員になったら教えてくれるんですか？」

「正社員にしてほしいのか？　お前がうちに来てくれるなら大歓迎だよ」

面白がるように笑いかけられると、由莉は「結構です」とそっぽを向いた。

「あいにくですが、現在のところ、わたしの第一志望職種は教師ですから」

「そう、それは残念だ」

ちっとも残念ではなさそうな言い方に気を悪くしつつ、由莉は絵に視線を戻した。

「『思ひいづるときは山の郭公　唐紅のふりいでてぞなく』というのは、社長にはご説明の必要はないでしょうが、現代語訳すれば、『昔を思い出すとき、郭公は血を吐くように口を真っ赤にして啼く』ぐらいの意味になります。平安時代の人にとって『郭公が血を吐くように啼く』というのはある種のお約束ですから、これを描いた絵師も、この鳥が郭公であることを強調するためにわざわざ口の中を真っ赤に塗ったのでしょう」

「それで？」

「それで……この鳥が《郭公》であるということを確認しただけです」

「ふうん」

「……もう、黙っててください！　社長だって解けたのですから、わたしだって解いてみせます！」

「なにを怒っている。俺はなにかお前の気に障《さわ》るようなことでもしたかな」

「目がニヤニヤしているんです！」

由莉はニヤニヤしている千早に語気も荒く言ったが、カッカしている場合ではない。

由緒書きでかろうじて読めた部分を、もういちど反芻《はんすう》してみる。

「『時は醍醐天皇の御代。ゆふかげといふ姫あり』。……でも、姫が描かれていないわ」

「鈍いな。特待生ならば郭公の別名ぐらい知っていると思ったのだが」

「郭公の別名……？」

そういえば授業で夏の和歌を習ったとき、先生が黒板に郭公の別名をつらつらと書いていた。由莉はそれらをきちんとノートに写しとったので、頭にも入っている。

（「あやなしどり」、「魂迎鳥《たまむかえどり》」、「夕影鳥《ゆうかげどり》」――）

――夕影鳥！

「社長、この郭公こそが夕影姫なんですね！」

由莉が叫び、千早が頷いたそのとき、コマ送りのように絵が変わった。

藤の木の枝にとまっていた郭公がふわりと飛び立ち、地面に下りる。

絵の下部に、赤い影のように緋色の裳裾《もすそ》が伸びていく。

郭公は藤の木の傍《そば》に佇《たたず》む、可憐《かれん》な姫君の姿に変化《へんげ》したのだった。

歳の頃は十五、六歳だろうか。花片《はなびら》が幾重《いくえ》にもなったような唐衣裳《からぎぬも》を纏い、地につくほど長い黒髪が、華奢《きやしや》な背や肩に流れていた。

そのおもては彼女が手にした薄紅梅《うすこうばい》の衵扇《あこめおうぎ》になかば隠されているが、色は白く、大きな黒目がちな瞳をした、たいそう可憐な少女だった。

血色の悪さに反して、唇は珠珊瑚《たまさんご》のように艶《つや》やかな薄紅である。

(ええと……)

目の前で絵が変化するというのは異常なことだが、どら焼きを食べる菖蒲の絵皿や泣くゾンビ人形を見たあとだったので、由莉はさほど動揺しなかった。

由莉は机の上に絵を置くと、千早に訊いた。

「社長。絵が変わりましたけれど、これは怨念が浄化されたということでしょうか」

「いや……」

千早が首を振ったとき、絵の中の姫君の頬を、つっとひとすじの涙が伝った。

『……藤。あなうらめしや……藤……』

水晶の珠を触れ合わせたように澄んだ声で、姫君が呪詛の言葉を吐いた。

由莉の背中に冷たいものが走った。絵の中から、夕影姫がじっと由莉を見ていた。

次の瞬間、バッと絵の中から、小さな影が由莉をめがけて飛び出してきた。

郭公だ。

絵の中から鳥が飛び出してきたことにはさすがに驚き、由莉はとっさに目元を手で庇《かば》った。郭公の嘴が由莉の肌をかすめる前に、千早が由莉の前に躍《おど》り出た。

由莉の視界の片隅で、鮮血が散った。

由莉を背に庇った千早は、羽をばたつかせる郭公を両手で捕まえていた。彼の片手の甲《こう》には血が滲《にじ》んでいる。由莉が受けるはずだった傷だ。

千早は素早くまじないの言葉のようなものをとなえた。

「麻柄《あさがら》を以《もっ》て杮《かせい》に作《つく》りて之《これ》に杮《かせ》い、乃《すなわ》ち其《そ》の葉《は》を以《も》って之《これ》を帰《かえ》す」

すると郭公は、千早の手の中で幻のように消えた。

藤の木だけがとり残されていた絵の中に、ふたたび姫君の姿が現れる。

姫君はまだ泣いていた。

千早の手の甲からぽたり、と血が滴《したた》った。

それは絵の上に落ちたが、染みになることもなく、そのますぅ、と消えた。

由莉はそれで我に返った。

「社長、お怪我《けが》を――」

蒼白《そうはく》になった由莉とは対照的に、千早は落ち着いたものだった。

真っ黒なハンカチでおざなりに手の甲を拭《ぬぐ》いながら、うるさそうに返す。

「ささくれ以下のかすり傷だよ。いちいち騒ぐんじゃない」

「で、でも……」

わたしを庇ったからそんな怪我を。

由莉の動揺が鎮《しず》まるのを待ちもせずに、千早はさっさと話を進めてしまった。

「郭公は血を吐くまで啼くという。ならば、色褪せたこの絵に足りなかったのは鮮やかな紅い《血》の色だったのだろう」

「え……!?」

「——という結論であれば楽だったが、違うようだな。怨念が浄化されていない」

由莉は慎重に絵を手にとった。

姫君の姿をつぶさに観察してみるが、姫君は目元に袖《そで》を押しあてて泣くばかりで、手がかりはなにも見えてこない。

由莉は絵を逆さまにしてみたり、裏返しにしてみたり、あらゆる角度から見もした。

それでも解決の糸口はどこにもない。白旗を揚げるような思いで、由莉がなんとなく、天井から下がった雪洞《ぼんぼり》のような照明具に絵をかざしてみたときだった。

由莉は思わず「あ!」と声をあげた。

「なにかわかったのか？」

「わかったと申しますか、藤の木の絵の下に、別の木が透けて見えるんです」

由莉は椅子ごと千早に近づくと、絵を光にかざしながら藤の絵を指差した。

その下に、明らかに藤ではない木がぼんやりと透けている。

濃緑の葉の茂みに、真っ白な花がいくつも咲いていた。

丸い蕾は真珠、ひらいた花は雪の結晶のように美しい。

「神木……橘《たちばな》の花だな」

「はい。橘の花です」

これは明らかに怪しい……。

「社長、藤の木の絵を剝がしてしまっても構わないでしょうか」

「いいよ」

「べ、弁償することになったりしませんか？」

「絵が多少変わったからといって弁償を請求されるなら、絵が郭公から姫になった時点ですでに手遅れだろう。だいいち、ゾンビ人形だってもはや原型をとどめていないぞ」

「そうですけれど、弁償沙汰になったらどうなさいます？」

「めんどうだから払う。どうせ骨董的価値があったとしても数百万程度だろう」

そんなものは金のうちにも入らない、と言わんばかりの金持ち発言である。

普段の由莉ならば鼻についてカッカしているところだが、今回は千早の気が変わらないうちにと、静かな気持ちで藤の木の絵をペリペリと剝がした。

藤の下から輝くばかりの橘の絵が現れたとき、またしても不思議なことが起きた。

絵の中で橘の木はたちまち白の狩衣《かりぎぬ》を纏ったひとりの美しい貴公子に変化《へんげ》して、すすり泣く姫君を、そっと、優しく抱きしめたのである。

映画のように動く絵を、由莉と千早は食い入るように見つめた。

やがて姫君は泣くのをやめて、貴公子の腕の中で幸せそうに微笑んだ。

姫君の頰を伝う涙の、水晶のような輝きまでもが鮮明である。

それから姫君は恥じらうように彼の胸を押し返すと、思い出したように慌《あわ》てて、手にしていた衵扇で顔を隠した。

絵は、そこで静止した。

もう郭公の啼き声も、少女のすすり泣く声も聞こえない。

「怨念が浄化された」

淡々と言った千早に、由莉は驚きと喜びがないまぜになった悲鳴をあげた。

「ほっ、本当ですか!?」

「ああ。しかしなぜ……」

千早はまったく解《げ》せないという様子で眉を寄せている。

思わず由莉も一緒に考えこみかけたが、すぐに思索を放棄した。

千早は怪我をしているのだった。

由莉は机の下に置いていたバッグを膝《ひざ》の上に載せながら言った。

「怨念が浄化された理由はあとで考えればいいです。豆大福に由緒書きを読んでもらえばきっとわかりますよ」

「なんだお前。なにか急いでいるのか」

「はい。さっきのお怪我の手当てをさせていただきますから、手を出してください」

「ささくれ以下の傷だと言っただろう」

「ささくれだって、ばい菌が入ったら大変です」

由莉がしつこく食い下がると、千早は「じゃあ好きにしろ」と面倒くさそうに言って、切り傷ができた片手を机の上に置いた。

（どこがささくれ以下の傷なのよ……）

由莉とて、『ちょっとした怪我くらいなら唾《つば》でもつけときゃ治る』という思考の持ち主だが、千早の手の甲にできた傷は小さいとはいえ、深さがあった。

まだ珠のように浮き上がってくる血が、なによりもそれを証拠づけている。

由莉はバッグから取り出した絆創膏《ばんそうこう》を、千早の手の甲にそっと貼りつけた。

「……。もう気が済んだか？」

「はい」

千早は由莉が手を離して初めて自分の手の甲を見たのか、いきなり激昂《げっこう》した。

「なんだこの絆創膏は！」

「ふくびきであてたそれしか絆創膏を持っていないんです。我慢なさってください」

千早の手の甲には、頭にリボンがついたうさぎのキャラクターが描かれた水色の絆創膏を貼ったのだが、たかが絆創膏ごときで彼がここまで憤怒《ふんど》するとは思わなかった。

「社長は男性なので、ピンクよりは水色のほうがマシかと思ったんですが」

「ピンクとか水色とかそういう問題じゃないだろう！」

怒鳴られているというのに、由莉は思わず微笑んでしまった。

千早はカンカンに怒っていたが、それでも絆創膏をはがそうとはしなかったからだ。

「……あの、社長」

「なんだ！」

「先程は、その……庇ってくださってありがとうございました」

絆創膏にばかり気をとられていたらしい千早は、不意打ちのようにかけられた言葉に、一瞬、驚いたような目をして由莉を見つめた。

しかしすぐに由莉の顔から視線を逸《そ》らしてしまった。

「やめろ。お前がそうやって変に素直になると、五月に雪でも降りだしそうだ」

「な、なんですか、人がせっかくお礼を申し上げているのに、その言い草は！」

千早と由莉が小競り合いをしているところへ、豆大福が帰ってきた。

「豆大福。お帰りなさい」

『おう、ただいま帰ったぜ。紫季、小遣いありがとよ。釣り銭だぜ』

豆大福は首から提げていたがま口ごと千早に投げてよこすと、床から椅子、椅子から机へとぴょんぴょん飛び移り、背負っていた和菓子屋の紙包みを机の上に置いた。

『ここで会ったが百年目』

豆大福は紙包みを開けて箱を引っ張り出すと、そこからさらに生八ツ橋を取り出した。

豆大福は菖蒲の絵皿をキッと睨んだかと思えば、

『これでも食らえ！　コンニャロー！』

怨念の限りを尽くした声で叫び、絵皿の上に生八ツ橋をひとつ置いた。

豆大福に言われたとおり、菖蒲の花は待ってましたとばかりに生八ツ橋を食らった。

もぐもぐと咀嚼《そしやく》して、ごくんと飲み込むと、卵を呑んだ蛇《へび》のように茎が波打った。

その一分後。

菖蒲の花の隣に、京都銘菓《めいか》・生八ツ橋の絵が、すぅ……と浮かび上がった。

「なんとも間抜けな柄の絵皿になったな。しかし怨念が解けたようでなによりだ」

「豆大福、試しになにかお菓子を置いてみたら？」

『がってんしょうちのすけでござる』

豆大福はまだ警戒心が解けないのか、固い声音で返事をすると、《菖蒲に生八ツ橋》の絵皿の上に、三味線横町で買ってきたらしいどら焼きを置いた。

豆大福をはじめ、由莉と千早も固唾《かたず》を呑んで絵皿の様子を見守った。

異変はなにも起こらなかった。

ふたりと一匹は一斉に安堵《あんど》のため息をついた。豆大福はようやく恨みつらみが晴れたのか、先程までとは打って変わって明るい目をしてほかの桐箱をきょろきょろと見た。

『おっ、《牡丹に蝶》と《藤に郭公》も様変わりしてんな。こっちも無事解決したんか』

「ああ。だがひとつだけ、お前に頼みたいことがあってね」

「そうなの。豆大福、この由緒書きの変体仮名を読める？」

豆大福は由莉から由緒書きを受けとってざっと目を通すと、すぐに言った。

『なんだ、こんなん屁《へ》でもねぇわ。おめぇアレだぞ、江戸の識字率《しきじ》と下水道ってのは世界でも類を見ねぇほどすげかったんだぞ。よしよし、いっちょ読んでやらぁ』

豆大福が年寄りなのはやはり伊達《だて》ではなかったらしい。

豆大福は驚くほどすらすらと変体仮名交じりの文書をふたりに読んで聞かせた。

——いわく。


時は醍醐天皇の治世《ちせい》、夕影《ゆうかげ》という可憐な姫が、橘《たちばな》家の美しい貴公子と恋に落ちた。

ふたりは密やかに恋をはぐくんでいたが、やがて夕影は橘家よりも家格が上の藤原《ふじわら》家の貴公子に見初《みそ》められ、橘家の貴公子との別れを余議なくされてしまった。

絵を得意とした橘家の貴公子は、別れる際、形見として夕影に『せめて絵の中では永遠《とこしえ》にともにいられるように』と言って、橘の木に郭公がとまる一枚の絵を贈った。

郭公は別名を『夕影鳥』という。

夕影は藤原家の貴公子を婿《むこ》に迎えてからもその絵を大切にしていたが、嫉妬《しっと》深い藤原家の貴公子はそれをたいそう不快に思い、橘の木の絵の上に、別の絵師に描かせた藤の木の絵を貼りつけてしまった。

夕影は絵の中でさえ、恋しい人に寄り添うことができなかった。

壁際の柱時計が十九時を指したところで、ようやく會社の玄関扉に『準備中』の札がかけられた。

千早妖怪派遣會社では、十九時から二十時が休憩時間になるのだ。

まかない係の由莉は、だしが香るたけのこと鶏肉《とり》の炊き込みごはんに、ひじきの煮物、それに手鞠麩《てまりふ》を浮かべたすまし汁をてきぱきと作り、それぞれの席に並べた。

食事はいつも、呪いの骨董品がひしめく裏稼業の仕事部屋ではなく、表稼業の仕事部屋になっている広間でとる。

大事な預かり物を万が一にも汚さないようにするためだ。

そして広々とした机では、席順も若干変わる。

由莉は千早の正面の席に座り、豆大福が千早の隣に座るのだ。

誰が決めたわけでもないが、自然とそうなっていた。

千早はひじきの煮物から、短冊切りにしたにんじんばかりを丁寧に抜き取っては豆大福のお皿に移動させていた。

普段の由莉ならばすかさず「にんじんも食べてください」と注意するところだが、つい夕影姫のことに思いを馳《は》せてしまい、看過してしまった。

『しっかし、しけた話だったな。さすが上方《かみがた》、浮世《うきよ》より憂世《うきよ》ってか。暗《く》っれーの！』

豆大福も由緒書きに書かれていたことを振り返っていたようだ。

「そうね。物悲しい話だったわ」と由莉は真面目《まじめ》な顔で豆大福に同調した。

「政略結婚というのは、時として不幸な結果をもたらすものなのね。夕影姫も気の毒だけれど、わたしは藤原家の貴公子にも同情を禁じ得なかったわ。由緒書きでは完全に藤原家の貴公子が悪者になっていたけれど、彼もまた夕影姫を想い慕《した》っていたんだもの」

『おうよ。男女の仲ってのはよ、なかなかどうしてうまくいかねぇもんだな』

豆大福はわかったような顔をして言うと、お椀を両手で持ってすまし汁をすすった。

「ところで社長」

「なにかな」

「先程、夕影姫はなぜわたしを襲おうとしてきたのでしょうか？」

「お前の姓に《藤》がついているからだろう。名字に《藤》がつく姓の由来は諸説あるが、一説には、平安時代に栄華をきわめた藤原氏の血を引く家系だからだとか」

「藤つながり……そうでしたか。言魂《ことだま》というのは恐ろしいものですね……」

由莉が神妙な顔で千早に返しながらふと見やると、豆大福のお茶碗やお皿が、千早の食膳から引っ越してきたにんじんでてんこ盛りになっていた。

豆大福は器用にお箸を使って『うめぇうめぇ』とおいしそうにかきこんでくれているが、由莉は眉を寄せた。千早の偏食はゆゆしきことだ。

「ちょっと社長！　こんな薄っぺらいにんじんぐらい食べたらいいじゃないですか！」

「いやだ。それに俺はお前よりも夜目が利くのだから、β《ベータ》カロチンは充分足りている」

そういう問題じゃないんです！　と由莉はバーンと机を叩こうとしたが、

「でもにんじん以外はおいしいよ。俺が定食屋の店長ならば、この炊き込みごはん御膳《ごぜん》に二五〇〇円の値段をつけるね」

「……うな重じゃないんですから……」

由莉は千早のおかしな金銭感覚に脱力して、机を叩く気力もなくした。


さて、後日由莉が聞いた話によると、三種の桐箱を千早に託した依頼主は、怨念が解けて原型を失った品々を見ても、落胆するどころかいたく感動したらしい。

特に、《藤に郭公》の絵にまつわる悲恋には、涙まで零したとか——。

そこまでは良いのだが、依頼主の家の蔵にはまだまだいわくつきの骨董品が眠っているそうだ。

「近々、秋の怪異つきの品々を送ると言っていたよ。その際にはまたお前に手伝ってもらうよ、新藤」

千早にそう言われたとき、由莉はあからさまに渋い顔をした。

正直なところ無駄に疲れるので、怨念を祓うのはもうこりごりだと思っていたのだ。

しかしこれも金と焼肉のためと割り切って、由莉は「承知致しました」としぶしぶと承《しょう》諾《だく》したのだった。

猫又と帰らない御曹司

白い薄雲に覆《おお》われた空の下を、由莉《ゆり》は千早《ちはや》と並んで歩いていた。

リクルート鞄《かばん》の中には豆大福《まめだいふく》も入っている。

先月末に派遣登録にやってきた山姥《やまうば》と、就業先の野菜カフェの顔合わせに同席した帰り道だった。北上しつつある梅雨《ばいう》前線の影響ですっきりしない天気が続き、おまけに蒸し暑いので、豆大福もだるそうだった。

(いつもごはんを二杯も三杯もおかわりしているし、まだ夏バテではなさそうだけどね)

昨夜も、由莉が作ったまかないカレーを山盛り三杯も食べてくれた。

千早がさりげなく自分のお皿から豆大福のお皿に移動させていたにんじんも、ぺろりとたいらげた。豆大福は戦争と飢餓《きが》の時代を生き抜いてきた妖怪だけあって、好き嫌いなく、なんでも食べてくれる良い子である。

(それにひきかえ……)

と、由莉は隣を歩く千早をちらりと見た。

暑かろうが寒かろうが喪服のような黒づくめの格好をしている千早は、偏食の傾向にある。千早が嫌いな順に、にんじん、ピーマン、セロリであることを、すでに就業三カ月目にさしかかっていた由莉は把握していた。

「……なにか?」

由莉の視線に気がついたのか、千早は眉間《みけん》に皺《しわ》を寄せて由莉を見おろしてきた。

社長の子供っぽい偏食傾向について考えていました、と正直に言ったらますます彼の眉間の皺が深くなりそうだったので、由莉は別のことを口にした。

「山姥さん、無事に採用となってよかったですね。店長とも意気投合したようですし」

「ああ、そうだな。彼女はコミュニケーションスキルも高く、また包丁研《と》ぎの名人にしてキャベツの千切りの達人だ。就業先で重宝《ちょうほう》されることだろう」

伝説上では、山姥は山中に棲《す》み、山に来た人間を喰《く》ってしまう恐ろしい妖怪だと言われている。しかし千早妖怪《あやかし》派遣會社《がいしゃ》に来た山姥は、徹底したベジタリアンで肉類をいっさい口にしないという異色の山姥であった。

『わたくしね、特にキノコ類が好きなの。中でもエリンギが大好物なんですのよ』

そう言って上品に微笑《ほほえ》んだ山姥は、山姥とか老婆という言葉がそぐわないほど、優雅で気品に満ちた老婦人だった。きちんとしたスーツを着て、小さくまとめた白髪《はくはつ》にチュールレースがついた帽子をかぶった、英国の貴婦人のような女性だったのである。

(事故物件《うちのアパート》の大家さんが実は妖怪だったり、九十九神《つくもがみ》がバイトテロをしたり、この會社に入ってから驚くことの連続だわ。妖怪の世界って奥が深いのね)

そんなことを考えながら閑静《かんせい》な住宅街を歩いていると、

『にゃー！』

『ぷぎゃー！』

不穏な声がした。

見れば三十メートルほど先で、瘦《や》せた黒猫が、毛並みのよいデブ猫に襲《おそ》われていた。黒猫は口に大きな煮干しをくわえており、デブ猫から強烈な猫パンチをくらいながらもけして煮干しを離さない。豆大福がびっくりしたように由莉の鞄から顔を出した。

『なんだありゃ、喧嘩《けんか》か!?　おうおうやっちまえ、火事と喧嘩は江戸の華でぃ！』

「あおるのはよしなさい、豆大福」

大学で教職課程をとっている由莉は、大興奮する豆大福を教師らしく注意した。

それからまた二匹の猫に視線を戻し、ふとあることに気がついた。

（瘦せてるほう、尻尾が二本ある。環境汚染や化学物質による遺伝子の突然変異かしら）

豆大福は囃《はや》し立て、由莉は環境問題に思いを馳《は》せる。

千早は小さくため息をついた。

「やれやれ。お前たちは薄情だね。可哀相《かわいそう》じゃないか」

千早はそう言うと、右手のひらを皿のようにして上に向けた。

するとそこに蒼白い焔《ほのお》が出現した。千早が狐火《きつねび》と呼んでいるものだ。

「あの黒猫を助けてやれ」

千早の命《めい》に、狐火は青年の声で『御意』と返事をすると、二匹の猫たちのほうへふわふわと飛んでいった。由莉はそれを眺めつつ、千早に訊《き》いた。

「どうやって助けるのでしょうか？」

「まあ見ててごらん」

言われたとおりに見ていると、狐火は手品かなにかのように、ぽんっと犬に姿を変えた。それも凶悪そうな顔をしたブルドッグだ。首にはとげとげの首輪までついている。

ブルドッグに化けた狐火が『ウゥ～』と唸《うな》ると、デブ猫は一目散に逃げていった。

「もういいよ。ありがとう」

千早は歩調を速めてブルドッグのほうに近づいていった。由莉も小走りについていく。

『あるじのお役に立てたならば幸いです』

ブルドッグは無駄なイケメンボイスで言い残すと、また狐火に戻り、ふっと消えた。

「さて……」

千早は尻尾が二本ある貧相な黒猫を見おろした。

黒猫は煮干しをくわえたまま、毛を逆立てて『フーッ』と千早を威嚇《いかく》する。

「ふん、チビのくせに威勢がいいな。どいつもこいつも気が強い小娘だが、まあ結構」

千早が黒猫と由莉を見比べながら言ったので、由莉は憤慨《ふんがい》した。

「小娘って、まさかまたわたしのことですか？」

「ほかに誰がいる」

「わたし、もう十八ですけど！」

「俺は二十五だ。……十代？　それじゃあ小学校高学年とたいして変わらないな」

千早は鼻で笑って、由莉を見おろした。由莉はムカムカするあまり顔が赤くなった。

「丸いおにぎりしか作れないくせに！」

「酒も飲めないガキのくせに」

『おいおい痴話《ちわ》喧嘩はそのへんにしてくれよ。夫婦喧嘩は犬も食わねぇってな』

豆大福が鼻をほじりながら、いかにもどうでもよさそうな口調で言った。

『で、このチビ猫どーすんの』

豆大福にチビと言われちゃおしまいだと由莉は思ったが、ツッコミを入れている場合ではなかった。

満身創痍《まんしんそうい》の猫は、力尽きたように気絶していたのだ。それでも煮干しをけして離さないあたりに同じ貧乏人としてのシンパシーを感じ、由莉は胸を痛めた。

「社長……」

「言われなくてもわかっている。會社に連れて帰るよ」

千早が小さな猫をひょいと抱き上げるのを見て、由莉は彼を見なおした。

（……社長ってなんだかんだ言って、困っている存在を放っておけないんだわ）

由莉が温かい気持ちになっている横で、豆大福も感心したように言った。

『へーえ。紫季《しき》、おめぇも優しいとこあんじゃん！　無償の愛ってやつか！』

「無償……？」

猫を抱いて歩きはじめていた千早はぴたりと歩みをとめると、ニヤリ……と笑った。

「この俺が、なんの利益にもならないことをすると思うか」

由莉は、（あ、やっぱりわたしが知ってる社長だ）と、逆に安心した。


千早は自分で猫を拾っておきながら、猫の世話は由莉に丸投げした。

由莉はお腹《なか》を空《す》かせていた猫に猫缶を与えてやったあと、お風呂に入れた。

千早邸の一階の隅にある狭い浴室には、強烈な昭和初期臭が漂《ただよ》っていた。

床にはすのこが敷《し》き詰められ、浴槽《よくそう》も木でできている。そしてシャワーがない。

おそらく千早はこの風呂場を使っていない。以前、彼から銭湯通いをしているという話を聞いたことがあったが、なるほどその理由がわかった。

(……お金があるならリフォームすればいいのに)

一生銭湯通いをするとしたら、かえって高くつくのではないかと由莉はお節介なことを考えながら、水道の蛇口《じゃぐち》をひねった。

ちょうどよい温かさになるのを待ってから、由莉は猫にお湯をかけた。

由莉は動物を飼ったことがないが、猫がお風呂を嫌うという話は猫と同居する瑠奈《るな》から聞いて知っていた。

……引っ掻《か》かれやしないだろうか。

ただでさえ気性の激しそうな猫だ。

由莉は帰り道に千早が買った猫用のシャンプーを泡立てると、その手でおそるおそる猫に触れた。多少は抵抗されることを覚悟していたのだが、なんとも意外なことに、黒猫は毛を泡だらけにされても気持ちよさそうに由莉の手に身をゆだねているのだった。

(ふふ。可愛《かわい》い)

同じ真っ黒でも、その可愛さは千早と雲泥《うんでい》の差だった。

由莉は猫の隅々《すみずみ》まで丁寧《ていねい》にシャンプーで洗ってやってから、お湯でよくすすいだ。

清潔なタオルで拭《ふ》いた猫を抱いて仕事場に連れていくと、ひと息つく間《ま》もなく、いつもの席に座った千早に命じられた。

「新藤《しんどう》、茶菓《さか》の準備をしろ」

これから派遣登録者でも来るのだろうかと思いながら、由莉は頷いた。

「え、あ、はい。ええと、お菓子はおひとり様ぶんでよろしいのでしょうか」

『俺も！　俺も菓子食う！』

定位置となったプリンターの上で、豆大福がサッと挙手した。

「ではふたりぶんで。お前も腹を空かせているなら三人ぶん」

「……承知致しました」

……腹を空かせているならって。

犬か猫と同じ扱いをされているような気がしつつも、由莉は素直に返事をすると、部屋を出た。すると黒猫もトコトコとついてくる。

(意外と人に慣れているのね)

由莉は黒猫に合わせて歩調をゆるめてやった。

厨房《ちゆうぼう》に入ると、さっそくお茶とお菓子の準備にとりかかる。

氷を入れたグラスには、昨日のうちに作っておいた冷たい深蒸《ふかむ》し煎茶《せんちや》を注いだ。

綺麗《きれい》な翡翠《ひすい》色が出ており、香りも立っている。我ながらなかなか上出来だ。

お茶菓子は派遣登録者のために、いつも千早が用意していた。

今日は全国に名が知れた和菓子店の、初夏限定の菓子であった。

水晶のように透き通った寒天の中に、練りきりで作られた金魚が閉じ籠《こ》められている。雲母《きらら》のように繊細《せんさい》な白や薄紅《うすべに》の鱗《うろこ》から、水面に浮かぶひとひらの青紅葉《あおもみじ》にいたるまで、夏のほんの一瞬の美しい情景を切りとったような逸品だった。

『にゃー！』

ステンレス製の台に飛び乗った黒猫も、和菓子を見て目をきらきらさせている。

「おまえも食べたいの？　猫はあまり人間の食べ物を食べないほうがいいと思うけど……、あとでほんのすこしだけ、わたしのぶんを分けてあげるね」

由莉は小さな黒猫を優しく撫《な》でると、茶菓の盆を持って部屋に戻った。

由莉はとりあえずお菓子を誰も座っていない千早の正面の席とプリンターの上に置き、お茶をすべての席に置いてから千早の隣の席に座った。

「さて……」

千早は棚に置かれた緋《あか》い金魚の土鈴《どれい》をつついている黒猫を見ると、ずばりと言った。

「お前はこのあたりで有名な泥棒猫で、しかも妖怪、猫又《ねこまた》だね」

猫は金緑《きんりょく》の瞳で千早の顔を見つめていたが、やがて観念したように口をひらいた。

『ばれちゃ仕方ないね』

鈴を振るったように可憐《かれん》な少女の声でそう呟《つぶや》いたかと思えば、黒猫はたちまち人の姿に変化《へんげ》した。

歳《とし》の頃は十三歳くらいの、勝ち気そうな美少女である。白地に紅《あか》い麻《あさ》の葉《は》模様の浴衣をまとい、山吹色の帯を背中でリボンのような形に結んでいた。

ただし、完全なる人の姿ではなかった。

ぱっつん前髪の黒髪のおかっぱ頭には、黒い猫耳がついている。

「耳が隠しきれていないようだが、まだ子供だからうまく化けられないのかな?」

千早が鼻先で笑うと、猫耳美少女はむっとしたように反論した。

『猫又の変化の力を舐《な》めちゃいけないよ』

そう言うなり、猫耳美少女はパッと由莉の姿に化け、次にパッと豆大福の姿に化けた。

だが最後に千早に化けたときには猫耳が生えており（残念ながらとても可愛くなかった）、その後すぐにもとの猫耳美少女に戻ったが、そのときにはへとへとの様子だった。

「なるほど。他人の姿に化けると妖力《ようりょく》を消耗するわけか」

『そういうこと』

「とりあえず、そこに座って茶でも飲んだらどうだ」

千早が正面の席を勧めると、猫耳美少女はおとなしく椅子《いす》に腰かけた。

ちびちびと冷茶を飲みはじめた猫耳美少女に、千早は言った。

「さっき恰幅《かっぷく》のよい猫に襲われていたのも、大方《おおかた》、あれの餌《えさ》をかっぱらったんだろう」

『だったらなんだっていうのさ。あんた、あたしに説教するつもり？』

猫耳美少女はグラスを置くと、ぱっちりとした大きな瞳でじろりと千早を睨《にら》みつけた。

とっても可愛いのだが、瞳孔《どうこう》が縦に裂けているせいか、睨むとなかなか凄味《すごみ》が出る。

『身なりのいい若旦那。あたしはあんたの言うことなんか聞かないよ。金持ちがふりかざす正論ほど説得力に欠けるものはない。貧乏人には貧乏人の秩序ってもんがあるんだ』

「そうですね、猫又さん。あなたのおっしゃることはごもっともだと思います」

由莉は真面目《まじめ》な顔で猫耳美少女を見つめた。

「金持ちにはしょせん貧乏人の気持ちなんかわからないんですよ」

由莉がやさぐれたように吐きすてると、猫耳美少女はぱちぱちとまばたきをした。

『姐《ねえ》さん、ひょっとしてあんたもあたしと同類かい？』

「ええ。雨露《あめつゆ》をしのぐ宿こそあれ、空腹は主にパンの耳とキャベツで満たしています」

『道理《どうり》で。同じ貧乏人の匂いがすると思ったんだ。あたしは夕顔《ゆうがお》。あんたは？』

「新藤由莉と申します」

由莉は千早よりも先に、夕顔と名乗った猫耳美少女に名刺を差し出した。

夕顔は名刺に視線を落とすと、かすかに微笑んだ。

『お由莉か。名前の響きが花ってのもあたしと一緒ね。ますます親近感が湧《わ》いたよ』

夕顔が自分に心をひらいてくれたのを感じて、由莉も穏やかに目を細めた。

「ありがとうございます。わたしも貧乏人には親しみを覚えます」

「ですが夕顔さん」と、教職課程をとっている由莉は、教師らしく続けた。

「盗みを働くのはよくありません。先程のようにデブ猫にボコボコにされる危険性だってありますし、なによりまっとうに働いて稼いで得た食べ物のほうがおいしいはずです」

由莉はさりげなく求人の話にもっていった。

どうせ千早もそのつもりで彼女をここへ連れてきたのだろう。

しかし、由莉の言葉に夕顔はツンとそっぽを向いてしまった。

『あたし、顔は可愛いけど学も才もないし、どうせ雇ってくれるとこなんかないよ』

「あるよ」

すかさず千早が言った。

夕顔はうさんくさそうな目をして千早を見てから、急に思い出したように声をあげた。

『黒づくめの格好に、特徴的な黄金《きん》色の目！　山奥や深海に棲む隠神《かくりがみ》じゃないなら、もしやあんたが裏稼業で妖怪に仕事を斡旋《あっせん》してやってるとかいう千早紫季？　白兎の因幡《いなば》っていうコソ泥仲間や、玉兎堂診療所《ぎょくとどう》の黒護摩《くろごま》って烏《からす》からあんたの噂《うわさ》は聞いてるよ』

「ああ、そう。俺も有名になったものだ」

「くろごま?」

由莉はきょとんとした。

白兎の因幡が鼻をすりむいて會社に来たときにも出てきた名前だ。

あのときは訊きそびれてしまったけれど、そんなに名の知れた妖怪なのだろうか。

由莉が考えていると、千早が説明してくれた。

「黒護摩というのは、玉兎堂という妖怪専門の診療所で働いている自称八咫烏《やたがらす》だよ。黒くて丸くて小さくて、顔が描かれた爆弾おにぎりに足が三本ついたような姿をしている」

「想像できるような、できないような。とにかく丸い鳥だということはわかりました」

「それにしても、コソ泥仲間の因幡はともかく、夕顔が玉兎堂の黒護摩とも面識があったとは意外だ。見たところ頑丈そうだが……」

『あたしには病弱なふたごの姉がいるんだよ。朝顔《あさがお》っていうの。あの子がいま忌部《いんべ》先生のところで厄介《やっかい》になってるからね』

「玉兎堂診療所に入院しているのか」

『そう』

「入院費はどうやって捻出《ねんしゅつ》しているんだ？」

『……ツケてもらってる』

「返すあてはあるのかな」

黙り込んでしまった夕顔に、千早は無情にも、畳《たた》みかけるように言った。

「忌部先生のことは俺もよく知っているよ。彼は優しい先生だね。ほとんどタダも同然の料金で貧しい妖怪たちを診察し、薬を調合してやっている。しかしこの不況にともない、四月より典薬寮《てんやくりよう》からの補助金もかなり減額されたそうだ。彼はひょっとすると現在、貯金を切り崩しながらなんとか診療所を運営している状況なのではないかな。弊社も定期的に寄付させていただいているが、勘定を踏み倒す患者ばかりでは焼け石に水だろうね」

夕顔がしおれた花のように俯《うつむ》いてしまうと、千早はノートパソコンをひらき、カチカチと幾度かマウスをクリックした。

するとプリンターが稼働し、その上でお茶を飲んでいた豆大福が揺れた。

千早は出力された書類を取って、夕顔の前にずいっと押しやった。

『……なにこれ。求人票？』

「そうだ。それほど難しい仕事じゃないよ。ある社長令息の屋敷を管理する仕事だ」

『管理って、別荘の管理人みたいに掃除をするってこと？』

「そう。その社長令息は多忙なのかなんなのか、どうも会社や会社近くのビジネスホテルに泊まることが多く、めったに帰宅しないらしい。……いや、まめに帰宅してはいるそうだが、長居しないのだそうだ」

『ふーん、変なやつ。自分の家なのに』

「まぁ、それなりにわけがあるんだろう。ともかくこちらの社長令息は、自分の代わりに家を清潔な状態に保ってくれる、いわば家政婦のような者を探しているんだ。しかし見ず知らずの女を家に入れることには抵抗があるらしい。そこで弊社に妖怪の家政婦を探してほしいとご依頼くださったわけさ。動物好きなのか、本体が犬か猫の姿をした妖怪ならばなお歓迎だそうだ」

千早が言い終えると、豆大福が急にはりきりだした。

『えっ、じゃあ俺もやる！　犬だし！』

「だめよ。豆大福はこの會社の看板犬でしょう」

「やめてくれ、新藤。看板犬じゃない。番犬だ」

三人の寸劇には目もくれずに、夕顔は真剣に求人票を読んでいた。

屋敷の主人の名前は東条《とうじょう》馨《かおる》。

二十五歳という若さにして、吉祥寺の東町《ひがしちょう》に一戸建てのお屋敷を建てた御曹司《おんぞうし》。

（日給八千円で昇給あり。犬、猫、歓迎。性別不問。料理ができる者、特に歓迎、か）

夕顔はもとから泥棒だったわけではない。

昭和の中ごろまでは朝顔と一緒に住み込みで喫茶《きっさ》店で働いていたのだ。時代の流れでお店が閉店してしまってからは路頭に迷うことになったけれど、働いていたときにお店の主人から読み書きそろばん、それに簡単な料理と掃除の仕方は教わっていた。

（自分で稼いだ金で、朝顔の世話をしてくれている忌部先生に恩と金を返すことができるなら。朝顔に、おいしいものを腹いっぱい食べさせてやることができるなら……）

夕顔は顔を上げると、挑むようなまなざしを千早に向けた。

『あたし、この仕事やる』

千早は思惑《おもわく》通りの展開になったことに満足したのか、ふっと微笑んだ。

「それでは労働契約書と誓約書、個人情報に関する同意書に今日の日付とサインを」

夕顔は千早から書類とペンを受けとると、一枚一枚に丁寧にペンを滑らせていった。

夕顔を玄関ホールまで見送ると、ちょうど夕飯時になっていた。

今日の献立はふんわり卵のオムライスにサラダ、それからコンソメスープだ。

由莉は卵ほど万能な食品はないと思っている。

ニラ玉に親子丼、お菓子に至るまで、なんにでも使える。

そしてなにより、安価で、しかも栄養がある。

貧乏人にとってこれほどありがたい食品は、ほかにバナナぐらいしかないだろう。

由莉は厨房のステンレス台の上に置いた三つのオムライス（父のぶんはすでにタッパーに詰めた）にそれぞれ仕上げのケチャップをかけると、広間に運んだ。

千早と、彼の隣の席に着いた豆大福の前にサラダ・スープ・オムライスの三点セットを置き、由莉もお盆を持って千早の前の席に座ったところで、千早が言った。

「先刻はあのへそ曲がりの小娘に、それとなく仕事の話を持ちかけてくれて助かったよ」

「ええ、だって社長が考えそうなことはだいたいわかっていますから。社長が意味もなく猫を拾わないというのでしたら、仕事紹介目的ぐらいしかありませんからね」

「そう。小娘にしては上出来だ」

「ですから『小娘にしては』は余計です！」

由莉が刺々《とげとげ》しい口調で返すのを聞きながら、千早は手元のオムライスを見おろした。

ほのかにバターが香るオムライスには、ケチャップでやたらとうまい猫の絵が描いてある。デフォルメ化されているが、夕顔の似顔絵のつもりなのだろう。

（こういうところが小娘なんじゃないか）

千早は呆《あき》れたが、そんな由莉を少し微笑ましく思ってしまったのもまた事実だったので、それは言わないでおくことにした。

夕顔はその翌日から三日間にわたり、由莉の家の大家さんのもとで家事研修を受けた。だいぶ以前とはいえ、喫茶店での就業経験があった夕顔は、料理や掃除の腕前においてはもとより文句なしで、洗濯機の使い方もすぐに習得した。

四日目、猫姿の夕顔は千早と由莉、そして豆大福とともに東条馨の屋敷に行った。貿易会社の次期社長である馨は多忙のため、顔合わせの時間がとれなかったが、前日に電話によって業務内容や条件等を夕顔と確認しあったのだった。

吉祥寺《きちじょうじ》駅北口を出てすぐの大きな商店街、サンロード商店街を抜けて武蔵野《むさしの》八幡宮《はちまんぐう》方面に向かって進み、途中の角をひとつ曲がって少し歩いたところで千早は足をとめた。

「ここだよ」

うっすらと日の光を透かす曇《くも》り空の下に、和洋折衷《せっちゅう》の大きな家が立っている。

白い門の奥に佇《たたず》むその屋敷を、夕顔はしげしげと眺めた。

（大正時代の終わり頃にこんな家をよく見たけれど、この家は最近建てられたばかりみた

いね。あたしを雇った東条馨とやらはこういうレトロモダンなのが趣味なのかしら）

同じ和洋折衷でも千早邸が和に寄っているのに対し、こちらは洋の香りが強い。屋根は桟瓦葺《さんがわらぶ》きの和風の屋根だが、白い外壁はドイツ下見《したみ》と呼ばれる、板を水平に張り連ねていく形式の洋風壁だった。平屋建てだがずいぶんと広々としている。

東条はひとり暮らしだと聞いているが、いずれ奥さんや子供と住むことを想定して、こんな大きな家を建てたのだろう。

千早は東条から速達で送られてきた合鍵を黒猫の夕顔に差し出した。

「いいか。定期的に狐火をお前の視察にやるからな。冷蔵庫の中のプリンひとつでも盗み食いしてみろ、即日解雇だ」

『うるさいな。もう盗みなんかしやしないよ』

黒猫はそう言うと、あたりに人気《ひとけ》がないことを確かめてから、猫耳美少女に変化《へんげ》した。といっても、猫耳は人目につくと厄介なので、頭の両側に大きな赤い椿の髪飾りをつけて隠している。

そして今日の夕顔は、髪飾り負けしないような着物に身を包んでいた。

豆大福が由莉のバッグから顔を出して、『あれ、やけにめかしこんでんな』と言った。

『お由莉んとこの大家さんが、小さい頃に着ていた着物を「就職祝いに」って何着も気前よく譲《ゆず》ってくれたの。朝顔と共有するんだ。あの大家さん、一見普通のおばさんっぽいけど実は裕福な生まれなのかな？　これはそうとう上等な品だよ』

夕顔はあらためて自分の装いを見おろした。

袖《そで》や裾《すそ》がひるがえれば、かすかにのぞく襦袢《じゆばん》は目が覚めるような緋色《ひいろ》。

半襟《はんえり》は一見白無地だが、よくよく見れば白地に白糸で白藤の縫《ぬ》いが施《ほどこ》されている。

小紋《こもん》は濃紫《こむらさき》と薄紫《うすむらさき》の、卍《まんじ》つなぎの紋綸子《もんりんず》地《じ》に、朱《しゆ》や山吹《やまぶき》色の糸でつながれた大きな鈴が散りばめられた総模様。

たくさんある鈴のひとつひとつに、紅梅《こうばい》、白梅《はくばい》、青松《せいしよう》、黄葉《もみじ》……とすべて違った絵柄が染め抜かれた、たいへん手の込んだ代物だった。

帯は銀朱《ぎんしゆ》の繻子《しゆす》地《じ》である。桜貝くらいの大きさの、ごく小さな笠松《かさまつ》が、金糸で三つ、控えめに縫いとられている。

帯留めは、広げた翼の羽の彫りが精緻《せいち》な象牙《ぞうげ》の鶴《つる》。

家政婦の格好にしてはやや贅沢《ぜいたく》すぎやしないかと夕顔は案じたが、もともと身につけていた麻の葉模様の浴衣はところどころ擦りきれていて、あれでは貧相に過ぎるのだ。

「夕顔さん、とっても可愛いです。良いところの家政婦さんにぴったりな格好ですね」

由莉に微笑みかけられて、思い出す。

東条馨という青年は御曹司なのだった。これくらいの着物は見慣れているだろう。

『それじゃ、行ってくる』

夕顔は合鍵を握りしめると、千早妖怪派遣會社の面々に背を向けて、玄関に向かった。


何をおいても、まずは掃除である。

話に聞いていたとおり、外観の美しさに反して、東条邸の中はいたるところに埃《ほこり》が積もっていた。虫の死骸《しがい》も平気で転がっている。

夕顔はひとまず屋敷の中を一通り見て歩くことにした。

主人はほとんど会社やホテルで寝起きしているというだけあって、生活感がない。

台所の流し台は乾いているし、ほかの水場も埃が舞っているほかはカビもない。

そこまでは予想の範疇《はんちゅう》だったが、なにか既視感があった。

寝室にはどこかで見たような大きなベッドがひとつ置いてある。

それにかすかに香るこの匂い……麝香《ムスク》にも憶《おぼ》えがあった。

麝香は香水にもよく配合される香料で、めずらしくはない。

夕顔はお香の匂いは好きだけれど、香水というものはどうも香りがきつすぎて、好きにはなれなかった。この家にほのかに漂うのは外国の香水の匂いだ。だけどこの香りに包まれていると、ほっとするような懐かしさを感じた。

香水というものは、時間とともに香水をつけた人の身体《からだ》の匂いと混ざり合い、やがてその人だけの香りに変化する。だから同じ香水をつけていても、人によって微妙に匂いが違ってくるのだ。しかし町は常に色々な香りに満ちているから、この香りをいつ、どこで嗅いだのかが思い出せなかった。

また、この屋敷には違和感もあった。

食堂には大きな四人がけのテーブルがある。

これから結婚して子供をつくる予定だとしても、ちょっと気が早すぎやしないか？

夕顔は最後に居間に足を踏み入れた。

居間には小さな仏壇があった。内装がまるきり西洋風なので、黒檀《こくたん》の仏壇も、線香の匂いも、ここでは異質なもののように思われた。

仏壇に近づいてみて、夕顔は気がついた。

仏壇の周囲だけ塵《ちり》ひとつ埃ひとつないのだ。

それに仏壇に供えてある花は、今朝摘んできたばかりのような新しい花だった。

白い献花の奥に、写真立てが置いてある。

そこに写っているのはこちらを見て優しげに微笑む、髪の長い美しい女性だった。

……若い。二十二か、二十三歳くらいだろう。

(恋人かな。家族かな……。わからないけど、東条馨の大切な人だったんだろうな)

夕顔は顔も知らない主人の心情を思い、ちくりと胸が痛んだが、自分はただの家政婦で、東条馨にとってそれ以上でもそれ以下の存在でもない。

あたしには関わりのないことだ、と気持ちを切り替えて、箒《ほうき》やハタキを持ってせっせと掃除に励んだ。

廊下の空拭《からぶ》きを終える頃には、午後十時になっていた。

(あ、終業時刻だ。そろそろ帰ろうかな)

夕顔はピカピカになった屋敷を一周してから、満足げに微笑んだ。

勤務時間は午後五時から午後十時までで、日給八千円。

なかなかおいしい条件だが、それに見合った労働をしなければならないとも思っていた。

でもこれだけ綺麗にしたのだから今日のところは充分だろう。

居間に戻って帰り支度をしていると、ガチャ、と玄関の扉が開く音がした。

東条馨が帰ってきたようだ。彼は今日から家政婦が来ることを知っているので、鉢合わせるぶんには全然構わないのだが、玄関から近づいてくるのはふたりの青年の声だ。

(え、友達でも連れてきたの？　わわ、どうしようどうしよう)

夕顔は焦った。

自分は百年以上も昔から生きているが、人間の姿をとるとなぜか十二、三歳の少女の姿になってしまうのだ。

一瞬、大家さんにでも化けようかと思ったが、他人に化けると妖力を消耗するので、できればそれはやりたくない。

（お、落ち着いて、あたし。普通に猫に戻ればいいじゃない！）

家に幼い少女がいたら馨が犯罪者扱いされかねない。

が、尻尾が二本ある黒猫ならば、馨は遺伝子の突然変異を起こした黒猫を拾ってやった、ただの優しい青年だと思われるだろう。

ふたりの青年が居間に入ってくるすんでのところで、夕顔は黒猫に戻った。

「適当にそのへんに座ってくれ」

スーツをまとった馨と思《おぼ》しき長身の青年が、同い歳くらいの青年に席を勧めている。

「ああ、ありがと」

馨と一緒に来た青年もスーツ姿だったが、馨と気安く言葉を交わしているところを見ると、仕事の関係者ではなく、友人なのかもしれない。

（あたし家政婦なんだけど、ご友人をおもてなしすべきかしら……）

聞いたほうが早いと思って、馨の背後で『にゃー』と鳴くと、馨がはじめて気がついたように、夕顔のほうを振り返った。

切れ長の目に、黒水晶《くろずいしょう》のような瞳。氷の彫像のように冷たく整った目鼻立ち……。

夕顔はその姿を見た瞬間、心臓がとまったかと思った。

馨は、夕顔の——初恋の男だったのだ。

それは本当に本当に、ささいでちっぽけで、しかもみじめな出会い方だった。

二カ月前。

まだ桜の花が舞っていた春のある日、夕顔は空腹のあまり意識が朦朧《もうろう》としていた。

それでつい手を出してしまったのだ。

この界隈《かいわい》でもっとも凶悪で凶暴と恐れられている、ボス猫の餌に。

夕顔はボコボコにされた。

ボコボコにされているところを助けてくれたのが、たまたまそこを通りがかった美しい青年——いま目の前にいる、東条馨だったのだ。

——お前、腹が減っているのか？　うちに来るか。

夕顔が意識を失う前、馨はそう囁《ささや》いた。

気がついたときには見たこともないベッドの上にいた。

すでに獣医に連れていかれたあとだったのか、自分の前足や後ろ足には包帯が巻かれ、顔には軟膏《なんこう》が塗りたくられていた。

そして馨は目を覚ました夕顔に、金持ちの家のペルシャ猫が食べているような高そうな猫缶を匙《さじ》にすくって、手ずから食べさせてくれた。

あの日、馨はいま着ているようなグレーのスーツではなく、千早紫季のように真っ黒なスーツに身を包んでいた。ネクタイも真っ黒だった。

おまけに、瞼《まぶた》が紅く腫《は》れていた。

夕顔はボス猫から殴る蹴るの暴行を受けた上、あちこち引っ掻《か》かれていたが、それでもなぜか傷ひとつない馨のほうが、ずっとずっと、傷ついているように見えた。

自分よりもはるかに大きな男の人なのに、触れたら壊れてしまいそうな脆《もろ》さというか、あやうさを感じた。

その夜、夕顔は馨の腕の中で眠った。

気位の高い夕顔は男に慣れ慣れしく触られるのをなによりも嫌っていたが、馨にそうされるのはちっとも厭《いや》ではなかった。むしろ、心地良かった。

だってそのときにはもう、馨に惹《ひ》かれていたから。

けれど彼は人間で、自分は妖怪。

異類婚姻譚《いるいこんいんたん》に別れはつきものだと夕顔は知っていた。

『日本書記《にほんしょき》』の豊玉姫《とよたまひめ》だって、『信太妻《しのだづま》』の葛《くず》の葉《は》だって、『蛇性《じゃせい》の婬《いん》』の真女児《まなご》だって、愛する人間の男に添い遂げられなかった。

だから、単なる憧れが恋に変わる前に、馨の前を去らなければならないと思った。

そうして夕顔は、馨がまだ眠る夜明け前に、ひっそりと彼のもとを去ったのだった。

(だからこの屋敷の内装やベッド、……それに、この人の香りに覚えがあったんだ)

あの晩、外から屋敷を眺める余裕もなく、ただ逃げるように馨の前を去ってしまったけれど、自分は間違いなくここにいちど来ていたのだ。

でも、きっと馨はもうそんなことを憶えていないだろう。

いま馨の目に映っている自分は、千早妖怪派遣會社から派遣されてきた、家政婦の猫又に過ぎないのだ。

「お前ももうやすんでいていいよ」

馨は静かな声で夕顔に言うと、気だるそうにネクタイをゆるめた。

それから馨はまっすぐに仏壇に向かい、線香に火をつけた。

彼はずいぶんと長いあいだ仏前で手を合わせていた。

馨の友人らしい青年はその間《かん》ほったらかしにされていたけれど、青年はなにか馨の事情を知っているのか、特に気にした風もなく自分のスマートフォンをいじっていた。

馨が仏壇から離れると、青年は馨に訊いた。

「俺も、お線香あげてもいいか？」

「ああ、やってくれ。あいつも喜ぶよ」

立ちあがった青年と入れ替わるようにして、馨はソファに腰かけた。

おいで、と言われたので、夕顔は少しためらってからソファに飛び乗った。

馨に引き寄せられて、背中を撫でられる。

馨の頬《ほお》は病人のように蒼《あお》白く、ひどく疲れているように見えた。

青年が仏壇に手を合わせているあいだに、馨は大きなコンビニの袋から紙コップとお茶のペットボトルを出した。

四つの紙コップに緑茶が注がれた。

ひとつは友人のソファの前に置かれ、ひとつは馨の前に。

友人がこちらに戻ってくると、お茶は仏前にも供えられた。

残りひとつは、夕顔の前にそっと置かれる。

馨は自分の横にいる黒猫が家政婦で、それも妖怪であることを知っていながら、当然のようにお茶をくれる。

そんな優しさにまた胸がときめいてしまって、夕顔は戸惑った。

終業時刻はとうに過ぎているのに、馨の傍《そば》を離れがたくて、夕顔はぐずぐずとその場にとどまってしまう。

「あれ馨、お前、猫なんか飼ってたっけ？　しかも尻尾が二本あるし」

「飼っているというと語弊《ごへい》があるんだけどね」

馨は夕顔のことを適当にごまかしてから、話題を転じた。

「それにしてもこの家に友人を招くなんて久しぶりすぎて、妙な感覚だな」

「お前、まだ会社やホテルで寝起きする生活してんの？　まさかもう何週間も家を空けてるってわけじゃないよな」

「毎日帰ってきてはいるよ。妻に線香と花を手向《たむ》けてやらないと、寂しがると思って」

夕顔は金緑の目を見ひらいた。

妻――。仏壇に置かれた写真立ての中で微笑んでいる、あの美しい女性が、彼の。

（奥方様……いたんだ……。しかももう亡くなっていたなんて……）

写真に写る女性は、せいぜい二十歳《はたち》をふたつか三つ過ぎたくらいの若さだ。

そもそも、馨がまだ二十五なのだ。きっと結婚して間もなかったのだろう。

馨は遺影をうつろな瞳にとどめつつ、「だけど」と続けた。

「この家に長居する気にはなれないんだ。自分の家なのにおかしいだろう。でもだめなんだ。ここにいると苦しくなる。舞衣《まい》のことばかり考えてしまうんだ。あいつはなぜこの世にいないんだろう、あいつがいないのに、なぜ俺はまだこの世にいるんだろうと」

「馬鹿なこと言うなよ」と、馨の正面に座った青年が、本気で怒った声で言った。

「お前がそんなこと言ったら、舞衣さんが悲しむだろうが」

「そう。それもわかっている。舞衣はそういうやつだ。……わかってはいるんだが、自分の気持ちを、自分でどうすることもできないんだ」

　馨は親指と人差し指で両の瞼を強く押さえてから、ふと自嘲《じちよう》的な笑みを浮かべた。

「だめだ。お前の前だとどうも本音が出てしまっていけないな」

「馬鹿。俺たち中学の頃からの付き合いだぞ。いまさらかっこつけんなって」

「……そうだな」

「よし！　今日は一晩中だってお前の泣きごとに付き合ってやる！」

　青年は励ますような口調で言うと、コンビニの袋からビールの缶を取り出した。

「どうせ会社じゃ澄ました顔して、はけ口もねぇんだろ。ほら、飲め飲め、吐くまで飲んでいいぞ！　どうせお前んちだし！」

「どうせ俺の家って。お前……いい奴なのかなんなのか、不明になってるぞ」

親友同士水いらずの飲み会がはじまると、夕顔は猫の姿のままぺこりと馨におじぎをして、そっと屋敷をあとにした。

動物の勘では今夜はずっと曇りのはずだった。

しかし梅雨前線の影響か、夜道を歩いているうちに、空からぽつぽつと雨が降ってきた。

ここ十年ほど、夏になると、しばしば雨が異常な降り方をする。

運の悪いことに、今夜がそれにあたった。

雨はまたたく間に激しくなり、小さな夕顔をずぶ濡《ぬ》れにした。

月あかり、星あかりひとつない真っ暗な空を見上げているうちに、頬を生温かな雫《しずく》が滑り落ちた。

(恋が叶う叶わない以前に、端《はな》からあたしが入り込む隙なんかなかったってことか)

夕顔はぽろぽろと涙を零《こぼ》した。

それは可哀相な馨のために流す涙でもあったし、初恋が散って、やるせなくなった思いが流させる、自分勝手な涙でもあった。

(……恋敵が馨の奥方様で、それも鬼籍《きせき》の人ならば、とてもあたしに勝ち目なんかない)

失恋したからといって、なにか状況が変わるわけでもない。

雨はやむし、夜は明けるのだ。

夕顔がどれだけ悲しくたって、地球はまわる。

つまり夕顔が貧乏な現状も、玉兎堂診療所の忌部医師に返すべきお金があるという現実も、なにも変わっていなかった。

夕顔は翌日からも淡々と馨の屋敷で家政婦の仕事をし、ときには仏前で手を合わせた。

あれから、馨はまだ家に帰ってこない。

でも会わないほうがよいのだと思った。

会うとつらくなる。

つらくなるということは、夕顔はやっぱりまだ馨のことが好きなのだった。

日払いで支払われる給金は、二週間後にはだいぶ貯《た》まっていた。

そのうちのいくらかは自分と、退院後の朝顔のための蓄えにしたけれど、残りは玉兎堂診療所に持っていった。人のよい忌部医師は夕顔にお金を出させる気はないのか、朝顔の入院費用がいくらなのかけして教えてくれなかったけれど、夕顔は相場を調べていた。

千早妖怪派遣會社に足を運んだときに、パソコンで検索をかけたのだ。

妖怪には保険が適用されないので、参考までに、同じく保険のきかない動物病院に動物を入院させたときの費用を調べた。

結果、まだまだ全然朝顔の入院費用には足りない額だということが判明したが、夕顔はいま返せるぶんだけでも返しておこうと思った。

本当にお金は結構ですから、と困惑する三十代なかばの忌部医師に無理やり封筒に入ったお金を押しつけると、夕顔は軽やかな足取りで玉兎堂診療所を出た。

なんだか気持ちが少しだけすっきりした。

まっとうに働いて稼いでみるのも悪くない。

久しぶりに、そう思えた。


六月もなかばにさしかかると、いよいよ関東地方が梅雨《つゆ》入りした。

日は差さず、月も照らず、一日中雨が降る日が続いた。

あるときはしっとりと花を濡らすばかりの蜘蛛《ささがに》の糸のような雨であり、またあるときは音を立てて窓を打つ、宝珠《たま》のような雨であった。

しとしとと弱い雨が降るその晩も、夕顔は東条邸の掃除に励んでいた。

着物はやはり大家さんからのもらいもので、夕顔の一番のお気に入りだった。

白紗地《しろしやじ》に銀糸《ぎんし》で流水がほどこされ、そこに朱や黒の色糸で縫いとられた金魚たちが生き生きと泳ぐ、おいしそうな文様だからだ。

その袖をたすき掛けにして、夕顔は仕事に精を出した。このところ湿気がものすごいので、水まわりは特に入念に磨く。洗面台を新品のように綺麗にして、額の汗を拭ったところで、めずらしく玄関のドアが開く音がした。

頭から生えた猫耳は赤い椿の造花で隠しているけれど、また馨が客人を連れてきたなら、十三歳の少女が家にいるのは、ちょっと馨にとってまずいだろう。

夕顔は黒猫の姿に変化すると、玄関ホールまで馨を出迎えに駆けていった。

馨は朝は欠かさず奥方に花を供えているようだけれど、夜に帰宅するのはめったにないことだった。というか、夕顔がここで家政婦をはじめてからは、初日に友人を連れてきて以来だった。

馨は夕顔が猫又であることを承知しているが、いきなり『おかえりなさい』なんて喋ったら驚くだろうか。

でも言いたい。どうしようかな、どうしようかな……、と考えながら長い廊下を駆けているうちに、夕顔はもう玄関ホールに着いていた。

今日も洗練されたスーツをまとった馨は黒い傘から水滴を払い、傘立てに傘を差しこんだところだった。

夕顔の姿を目にとめると、馨は白いおもてに淡い笑みを刷《は》いた。

「……ただいま、夕顔。なんだか急にお前の温かさが恋しくなってね」

不意打ちのように名前を呼ばれ、そして恋しいなどと言われ、夕顔は顔が熱くなった。

黒猫の姿でなければ、真っ赤《まか》になっていたかもしれない。

『お、おかえりなさいませ、旦那様。な、なにかあったのですか？』

うわずった声で訊きながら、夕顔はぼうっと馨を見つめた。

そして気がつく。

彼の頬が白い。……蒼白い。

黒い髪が、しっとりと濡れている。

雨だと最初は思ったが、額に玉のように光るそれは汗だった。

唇《くちびる》の色は褪《あ》せ、黒い瞳は焦点があっていないような……。

旦那様……？　と夕顔が声をかけようとしたとき、馨の身体がぐら、と傾いた。

夕顔はとっさに十三歳の少女の姿に変化すると、身を挺《てい》して彼の下敷きになり、彼が床に頭を打つのをなんとか回避させた。

夕顔は上に覆いかぶさった馨の肩に手を触れた。

彼の身体はひどく熱かった。そして、ぴくりとも動かない。

馨は意識を失っていた。

午後十時。

由莉は千早妖怪派遣會社で帰り仕度をしていた。バッグに筆記用具を仕舞い、椅子にかけていた日よけのカーディガンを仕舞い、最後に豆大福を仕舞った。

「お疲れ様でした」

と千早に告げて立ちあがってから、由莉は来たときよりもわずかにバッグが重くなっていることに気がついた。

(わたしとしたことが。疲労のあまり、豆大福まで収納してしまった)

由莉がバッグの中から寝ている豆大福を取り出すと、千早が残念そうに言った。

「気づくのが早いよ。持って帰ってくれてもよかったのに」

「社長。気がついていらしたのならおっしゃってください」

『団子がてんこ盛り……むにゃむにゃ……』

千早と由莉が自分を押しつけあっていることなど露知らず、机の上に置かれた豆大福はなにか幸せそうな寝言を呟きながら薄く笑っていた。

そのとき、机の上で千早のスマートフォンが鳴った。

「夕顔からだ」と千早は口にしてから、電話に応対した。

「どうした。なにかトラブルでも？」

電話で話す千早の表情が、徐々に険《けわ》しくなっていく。

「とにかく落ちつけ。お前はただそこにいればいい。救急車は俺のほうから手配し、俺たちもすぐにそちらに向かうから」

千早はそう言って通話を終える。それからまたすぐに別の番号にかけ直した。

「脈はあり、呼吸もあるようです。……はい、住所は……」

千早は手短に告げて電話を切ると、もの問いたげにしていた由莉に言った。

「東条が帰宅するなり倒れたそうだ。すまないが、お前も来てくれないか。夕顔がだいぶとり乱している様子なので、お前がいたほうがいい」

「わかりました」

役に立たなそうな豆大福はそこに残し、千早と由莉は會社を出た。

由莉は千早が所有する車の助手席に乗り、運転手の千早とともに東条邸に向かった。

救急車が到着するよりも、千早と由莉のほうが早かった。

それから五分と経たずにサイレンの音をあげながら救急車がやってきた。

搬送先が決まったところで、自動車の免許を持っていない由莉が救急車に同乗した。

夕顔は千早の車に乗って、あとで由莉と武蔵境《むさしさかい》の総合病院で落ちあうことになった。


東条が検査を受けているあいだに、千早の車は病院に着いた。

夜の病院は最低限の明かりしかなく、薄暗い。

猫の姿では病院に入れてもらえないだろうと、少女の姿になった夕顔を挟み、三人は待合室の長椅子に並んで腰かけていた。千早は東条の身内に連絡をとるべくいったん席を外し、しばらくしてから戻ってきた。

「東条には両親と弟がひとりいるが、間《ま》の悪いことに全員海外の支社に出張中のようだ。あの家は貿易会社の一族だから、そういうこともあるのだろうな。あらためてご家族から東条に連絡をするとおっしゃっていたよ」

『馨、死んじゃったりしないよね?』

夕顔が泣きそうな声で千早に訊いた。

「そんな重病ではないと思うけどね。過労かなにかじゃないか」

『でも、人間は儚《はかな》い。すぐに死んじゃう』

由莉は夕顔を見た。かすかに震える小さな少女は、見た目は由莉よりもずっと幼く見えるけれど、百年以上も昔から生きている妖怪だ。彼女もまた豆大福と同様に、大切な人と幾度も出会い、同じ数だけ別れを経験してきたのだろう。

永遠の別れ――死別を。

由莉は夕顔の頭をくしゃりと撫でた。

派遣スタッフに対してというよりは、子供に言い聞かせるように由莉は言う。

「落ち着きなさい、夕顔。人間はそうすぐに死んだりしないわ。最近の医療の進歩はめざましいものがあるし、平均寿命も年々延びていっているのよ。それにわたしを見なさい。毎日ろくなものを食べていないにもかかわらず、ここ十年ほど風邪もひいていないわ」

「お前を人間の基準にしてはいけないと思う」とぼそりと呟いた千早の脇腹に、由莉は夕顔の背後から肘鉄《ひじてつ》を入れると、にこりと夕顔に微笑みかけた。

「大丈夫。あなたの祈りはきっと届くわ」

夕顔は金緑色の大きな瞳で由莉を見つめてから、『……うん』と小声で頷いた。そして、少しだけためらうようなそぶりを見せたあと、本物の猫のように由莉にくっついた。

しばらく誰も何も言わずに待っていると、医師が三人のもとにやってきた。

医師の説明によると、東条が倒れた原因は過労と、心因性のストレスによるものらしかった。東条はいま点滴を受けているそうだが、入院の必要はなく、今夜中にも帰宅できるという。ただ、すくなくとも二、三日は自宅療養《りょうよう》をさせるようにと医師は念を押した。

すでに東条の意識は回復しており、点滴もあと一時間ほどで終わるそうなので、三人はそのままそこで待機することにした。夕顔が、小さな声で千早に訊《たず》ねた。

『……あたし、馨のためになにをするべき？』

「お前の仕事は変わらないよ。いままでのように家の中を掃除して、洗濯して、それから東条が自宅療養するなら、食事を作るなりなんなりしてかいがいしく看病するんだね」

『看病するのは簡単だよ。でも、お医者様は心因性のストレスもあるって言ってた。それって馨の心が傷だらけになってるってことでしょう。あたし、馨には心から元気になってほしいの。そうしないと、馨はきっとまた倒れてしまう。あの人、会社じゃデキる男を装っているみたいだけど、本当はいつもギリギリのところで立ってるんだ』

――あいつがいないのに、なぜ俺はまだこの世にいるんだろう。

彼が友人にそう零すのを聞いたとき、夕顔は彼が、底の見えない、真っ暗な死の淵《ふち》に、みずから歩いていっているような……そんな幻を見たような気がしたのだ。

夕顔は瞳に涙を滲《にじ》ませた。

（奥方様、馨がそっちに行きそうになっても、どうか追っ払ってやってください）

……まだあたしを、馨の傍にいさせてください。

夕顔は疲れていたのか、いつしか座ったまま由莉の膝《ひざ》に頭をあずけて眠ってしまった。

由莉がさらさらとした夕顔のおかっぱ頭を撫でていると、看護師に付き添われて東条が歩いてきた。その足どりはまだおぼつかないが、搬送される前に見たときと比べ、彼の顔色は微妙に良くなっていた。

東条は千早の姿を目にとめると、深く頭を下げた。

「千早さん、このたびはありがとうございました。そしてご迷惑とご心配を……」

「とんでもない。私は救急車を呼んだだけです。礼ならば夕顔に言ってやってください。いまは眠っていますが、つい先程まで東条さんのことを心配しておりましたので」

千早が夕顔を見ると、馨もつられたように見て——軽く目をみはった。

「このお嬢さんがあの黒猫の夕顔ですか？　……驚いたな。小さな猫だとは思っていましたが、こんな幼い子供がいつも家を綺麗にしてくれていたなんて」

由莉は安心した。東条が夕顔を見つめるまなざしが、とても優しかったからだ。

「夕顔」

千早が夕顔を起こそうとすると、東条は「起こさなくて結構です」と千早をとめた。

「せっかくこんなにぐっすりと眠っているのですから、寝かせておいてやりましょう」

その後、東条と眠る夕顔は、千早が車で東条邸まで送り届けた。ついでのように由莉のことも西荻窪《にしおぎくぼ》の事故物件まで送ってくれたところで、長い一日はようやく幕を閉じた。


雨がパラパラと屋根を打つ音を聞いて、夕顔は目を覚ました。

天井から下がった、鳥籠《とりかご》のようなかたちの照明が最初に視界に入った。

部屋は夜明け前の、薄暗いような、ほの明るいような、曖昧《あいまい》な光に包まれている。

夕顔は自分がかけていた布団の模様を見て、ハッとした。

(え？　あたし、馨のベッドで寝てたの……!?)

夕顔は飛び起きたが、きょろきょろと周囲を見回してみても、馨の姿はない。

広々としたベッドはどうやら自分がひとりで占領していたようだ。

(あたし昨夜、病院で寝ちゃったんだ。でもいまここにいるってことは、たぶん紫季が送ってくれたんだわ。馨は？　馨はどうなったんだろう)

夕顔は不安になってベッドを抜け出すと、屋敷の部屋を順に見てまわった。

食堂にはいない。書斎の扉をノックしてみても、返事がない。

居間に入ったところで、夕顔はようやく馨の姿を見つけて、ほっとした。

馨は居間のソファで横になっていた。

足音を立てないように近づいてみると、馨は熟睡しているようだった。

けれど額や首すじはうっすらと汗ばんでいるし、ときおりかすかな呻《うめ》き声を漏《も》らすので、熱はまだ下がっていないのだろう。

(……馨の馬鹿。なんで家政婦にベッドを明け渡して、病人のあなたがソファなのよ)

夕顔は眉を下げながら、ラグに落ちていた毛布を、そっと馨の身体にかけなおした。

(馨のために、あたしにできることを考えなきゃ)

夕顔はソファの傍に膝をかかえてうずくまった。

まずは卵のおかゆを作ろう。お店が開いたら、ドラッグストアに走って熱下げシートを買って、それから、それから……。

夕顔が思案していると、ふいに馨が呟いた。

「舞衣《まい》……」

奥方様の名だ。

夕顔はどきりとして馨の顔を見つめたが、馨の瞼は白い貝のように、まだかたく閉ざされていた。

うわごとだったようだ。悪い夢でも見ているのか、馨の眉は顰《ひそ》められ、血の気のない彼の手が、なにかを求めるように薄闇をさまよう。

夕顔は自分の手よりもひとまわり以上も大きな彼の手がとても頼りなく見えて、とっさにその手をとった。すると条件反射のように、馨も夕顔の小さな手を握り返してきた。

夕顔の鼓動は大きく跳ねた。

（あたしのこと、亡くなった奥方様と勘違いしているのかしら）

しばらくそうしているうちに、馨は安心したのか、やがてその寝息が安らかになった。

馨の指が自分の手から自然とほどけていくと、夕顔は音もなく立ちあがった。

やっと、馨が心から元気になる方法を思いついた。


台所で卵のおかゆを作っておいた夕顔は、朝の八時頃になって、居間で馨が目を覚ます気配を感じとると、さっそく行動に出た。

まず猫耳がついた少女——本来の自分の姿から、馨の亡き妻、舞衣に化けた。

自分の姿を手鏡で確認すると、ふわりとした薄茶色の長い髪の毛と、桜色を帯びた白い頬が美しくも愛らしい、若い大人の女性が映っていた。

若草色のワンピースに、白いエプロンをつけている。

――我ながら、完璧に舞衣の姿に化けたと思い、夕顔は薄く笑った。

が、すぐに笑みを消す。舞衣はこんな悪どい笑みを浮かべるような女じゃないのだ。

なぜ知っているのかというと、馨のスマートフォンに残っていた舞衣の動画を盗み見たからだ。

法的には犯罪だが、自分は妖怪なので人間の法律は関係ない、とひらきなおった。

夕顔は漆盆《うるし》の上に温めなおしたおかゆと木製の匙、それからさっき発見した、昨夜の日付入りの薬袋《やくたい》と水を注いだグラスを置くと、それを持って居間に足を踏み入れた。

ソファの前にお盆を置くと、夕顔は馨の傍に跪《ひざまず》いた。

目はあいているものの、まだ力なくソファに横たわっていた馨は、ぼんやりと夕顔を見た。一拍置いて彼は瞳を見ひらき、さらに一拍置いて、茫然《ぼうぜん》としたような声を発した。

「……舞衣……？　夢か……？」

身体を起こそうとした馨の肩に、夕顔はそっと手を添えて言った。

『まだ寝ていなくちゃだめよ。あなた、昨夜倒れたばかりなんだから』

夕顔は演技して、おっとりした口調でたしなめた。

「舞衣……帰ってきてくれたのか……」

馨は夕顔を舞衣の幽霊か、あるいは本物の舞衣だと思ってくれたようだった。

夕顔はここぞとばかりに、エプロンのポケットからメモの切れ端を取り出した。

『ええ。だって机の上に、こんな書き置きが……』

馨は夕顔からメモを受けとると、短い文章に目を通し、啞然《あぜん》とした表情を浮かべた。

──旦那様へ。しばらくのあいだバックれます。探さないでください。夕顔より
（そんな文章が書きつけてあるんだから驚くのも無理はないね）と思いながら、夕顔は馨に背を向けて、おかゆのお椀に手を伸ばした。

『そういうわけで、今朝はわたしが卵のおかゆを作ってみたのだけれど、食べ……』

最後まで言い終わらないうちに、夕顔は後ろから馨に抱きしめられていた。

夕顔は今度こそ本当に心臓がとまったかと思った。

熱に浮かされているせいもあるのだろうが、馨はもともと妖怪という怪異を受け入れているだけあって、完全にいま、夕顔を舞衣だと信じ込んでいる。

舞衣の姿をした夕顔の首すじに顔をうずめ、胸の下にまわした腕に、よりいっそうの力を込めてくる。

苦しいくらいにきつい抱擁《ほうよう》を受けながらも、夕顔は意識して身体の力を抜いた。

奥方が、これくらいのことで動揺していては怪しまれてしまうからだ。

耳元で、馨が掠《かす》れた声で囁いた。

「すまない。しばらく、このまま……」

夕顔の首すじが濡れた。表情は見えないけれども、馨が泣いているのはわかった。

まだ夕顔にはなじまない薄茶色の髪に、薄い肩に、透明な彼の涙が散らされていく。

夕顔は馨が気づかないほどかすかな、苦悶《くもん》の吐息を漏らした。

（……身体が、思ったよりも、しんどい……かもしれない……）

夕顔は、猫の耳が生えた少女に変化《へんげ》するぶんにはまったく問題ないが、別人に化けると著《いちじる》しく妖力を消耗するのである。

（でも、そんなこと気にしちゃいられない）

夕顔は背後から抱きしめてくる馨の腕に、そっと手を添えた。

（……あたしは、馨に命を救われたんだ。いまこその恩に報いるとき）

仏壇が目に入ったが、舞衣への罪悪感から、夕顔はすぐに目を逸《そ》らした。

馨の傷が癒《い》えるまで。

それまでの間だけでいいから、舞衣の身代わりになりたい。

罪悪感があるのは、それが馨のためというよりも、自分自身のためだったからだ。

夕顔は馨に必要とされたかったのだ。

家政婦としてではなく、彼の心の支えとして。

日曜日。

由莉は、父がうなされる声でパッと目を覚ました。

つぎはぎだらけの煎餅《せんべい》布団の傍に置いた目覚まし時計を見ると、まだ朝の七時。

新藤父子《おやこ》は、六畳の狭い部屋をボロボロの衝立《ついたて》で仕切っていつも眠っている。

「う～ん、う～ん」

父は相当うなされているようだ。

由莉はやれやれ、と思いながら煎餅布団を抜け出した。

衝立の向こうの父エリアに行くと、煎餅布団で眠る父が、頭や背中に矢がたくさん刺さった落ち武者の幽霊に首をしめられているところだった。

その幽霊は由莉がはじめて見る顔だったが、歴戦の勘が由莉にこいつは小物《こもの》だと告げた。

毛玉だらけの真っ赤なジャージの上下を着ていた由莉は、小汚い畳を踏みしめながら、落ち武者のほうに歩いていった。由莉の気配に気がついたのか、白目の黄濁《おうだく》した恐ろしい形相の落ち武者が、由莉のほうを振り返った。落ち武者がこっちを見た瞬間、由莉はその顔をグーでパンチした。

落ち武者はびっくりしたような顔をしてから、すぅ……と消えていった。

由莉は父の寝息が安らかになったことを確認してから、自分のエリアに戻った。

（日曜日くらいゆっくり寝かせてほしいわ）

由莉は再び煎餅布団に潜り込んだが、二、三時間もしないうちに、今度はスマートフォンが振動した。

枕元のスマートフォンを手にとると、画面には《千早紫季》と表示が出ている。

由莉は父を起こさないよう外に出てから、電話に出た。

「おはようございます。ええと……今日はお休みですよね？」

『ああ、會社自体が休みだ。しかし急な仕事が入ってしまった。お前、今日暇《ひま》ならば俺に付き合ってくれないか。休日手当は出す』

電話の向こうの千早も寝起きらしく、声に覇気がない。

「構いませんが、なにかトラブルでも？」

『事情は追って話す。急で申し訳ないのだが、身支度が整いしだいすぐにうちに来てくれ。それから、変装してこい』

「変装？」

『なんでもいいから、お前が普段着ないような服を着てきてほしい。遠目から見てすぐにお前だとわからないような格好ならばなんでもいい。俺も変装するから。じゃあ』

千早はそれだけ言うと、一方的に電話を切ってしまった。

（普段わたしが着ないような服）

由莉は毛玉だらけのジャージを見おろしたが、さすがにこれで休日の吉祥寺を練り歩く勇気はない。

由莉は部屋に戻って段ボール箱の中を漁《あさ》ると、高校三年生のときの文化祭でギャル系の友達からもらった、フリーマーケットの売れ残りの服を着ることにした。

（あと、どっかに演劇部の子がくれたヅラがあったはず。もらっといてよかった）


二時間後、由莉は千早妖怪派遣會社に到着していた。

「おはようございます」

いつものようにきびきびした口調で言いながら仕事場に入ると、豆大福が目をむいた。

『な、なんだお由莉！　朝っぱらから紫季を悩殺作戦か!?』

豆大福が驚くのも無理はないことだと思った。

由莉は胸元の大きく開いた、超ミニ丈の黒のワンピースをまとっていたのだ。

胸も細腰のラインもくっきりと浮き出て、白く華奢《きやしや》な腿《もも》は丸出しだ。

ひらひらした裾についた中途半端なレースがなんかいやらしいなと由莉は思ったが、致し方なかったのだ。

さらに頭には、ボリュームのある巻き髪の茶髪のウィッグをかぶっていた。

化粧品は百円ショップで適当に揃《そろ》え、服装に負けないくらい顔を派手にした。

「変装といったら、この服か部屋着の毛玉だらけの真っ赤なジャージしかなかったのよ。ところで社長はどちらに?」

由莉が訊くと、二階から階段を下りてくる音がした。

「おはよう。もう来ていたのか」

部屋に姿を現した千早は、じろじろと由莉を検分しながら言った。

「まさかお前がそんな服を持っているとは思わなかったよ。しかし素晴らしい変装だ」

そういう千早は、今日は喪服ではなかった。六月に長袖のジャケットは暑苦しいのではないか、という点を除けば、まじめ系の美容師さんの私服のようにおしゃれで洗練された格好だったのだ。変装の定番、だて眼鏡も意外と似合っている。

「わたしは社長の私服がダサくないことが意外でした」

由莉が言うと、千早は「当然だ」と、くすりと笑った。

「俺はセンスが皆無なのでね。いつもブラックカードでマネキンが着ているセットを丸ごと剝《は》ぎとって買うんだよ。店員さんの全身コーディネートなら間違いはないだろう?」

微妙に自慢にならないことを千早が堂々と言ってのけたところで、狐火が現れた。

『東条と猫又の娘、いましがた吉祥寺駅方面に向かっております。途中でたい焼きを買い、そのあとに駅周辺を散策する模様です』

蒼白い狐火は千早にそれだけ報告すると、ふっと消えた。

「あまりのんびりもしていられないようだな。とりあえず出かけよう、新藤」

「はい」と由莉は頷き、豆大福をバッグに入れると、千早とともに歩きだした。


今日は雨こそ降っていないものの、朝からどんよりとした空模様だった。

吉祥寺駅の北口方面に向かって歩きながら、千早は由莉に事情を説明した。

東条が倒れて病院に搬送されたのが、三日前の夜のこと。

その翌朝から夕顔は真面目に東条の看病をしているという。そこまでは良い。

しかし夕顔を定期的に視察していた狐火の話によると、夕顔は東条の前に現れるときは、東条の亡き妻の姿に化けるようになったというのだ。

それが功を奏したのか、心労でやつれていた東条は見る間に回復し、週明けの明日からは会社に復帰できるまでになったのだという。

「それで、今日はふたりで仲良くデートをするのだそうだよ」

「別にデートぐらい勝手にさせておけばいいじゃないですか」

由莉が言うと、千早は「お前は忘れたのか」とため息をついた。

「猫又は他人に化けると妖力を消耗する。それは生気がなくなっていくのと同義だ。あの小娘はしばしば東条の妻に化けているというから、おそらくとうに体力の限界を超えている。命を張ってまで他人に化け続けるなんて尋常じゃない。なにか企んでいるんだよ。そこで、本日は夕顔と東条を尾行するためにお前を呼び出したというわけだ」

うーん……と、派手な格好をした由莉は、顎《あご》に手をあてて考えてから言った。

「夕顔になにか考えがあるのは確かだと思いますが、すくなくとも悪意はないと思います。夕顔は、自分が東条さんにできることがないか真剣に考えている様子でした。たぶん、あの子は東条さんに恋をしていますよ」

「恋？　……ということは、東条の妻になり代わろうとしているということか？」

「さあ、そこまではわたしにもわかりかねますが……」

千早と由莉がつかのま沈黙したとき、豆大福が由莉のバッグから顔を出した。

『おいおいちょっと待て。てことはあの東条、この三日間のうちに夕顔を自分の妻だと思い込んであんなことやこんなことをしちまったのか？　やばくね？　それ犯罪じゃね？』

由莉が思いついてもあえて口にしなかったことを、恥じらいもへったくれもない豆大福が代わりに言ってくれた。

『それはありえません』

と答えたのは、いつのまにか千早の横をふよふよと飛んでいた狐火だった。

『夜は同じ褥《しとね》で眠っているようですが、東条は夕顔に口づけもしなければ、彼女の衣の下に触れることもない。ただ慈《いつく》しむように抱きしめて、髪を撫でてやっているだけです』

狐火が言うと、豆大福と千早が同時にひらめいたように口にした。

『なるへそおへそ、東条は本当は稚児《ちご》趣味の男色家なんだ！』

「なるほど、東条は妻の正体に気がついているというわけか」

その声はぴったりと重なったが、由莉は千早の意見を支持した。

「そうかもしれません。抱きしめて撫でてやるだけ、というのは、猫に対しても普通におこなわれる行為だと思います。しかし夕顔自身は……」

「気づかれていることに気がついていない、と」

「そういうことなのではないでしょうか」

けばけばしい格好の由莉と、まじめ系眼鏡男子の千早の会話から完全に置いてけぼりにされた豆大福に、狐火が気遣わしげに声をかけた。

『豆大福。あなたの『東条がゲイ説』も、なかなかよい線をいっていたと思いますよ』

狐火は優しくフォローすると、また幻のように消えてしまった。


由莉と千早が駅の北口を出たところで、また狐火が出てきた。

『東条とその妻に扮《ふん》した夕顔は、いまハモニカ横町のあたりにおり、たい焼きを買うとかなんとか話しておりました……たい焼き屋に行けばふたりの姿が見られましょう……』

「おい、待て」

と千早は狐火を引きとめようとしたが、聞こえなかったのか、狐火は消えてしまった。

「どうかなさったのですか、社長」

「ハモニカ横町の周辺にはたい焼き屋が三軒あるんだよ」

「そうなんですか。さすがは地元民、お詳しいですね」

「あのふたりがどのたい焼き屋に行くのかがわからない。しかし三軒のうち二軒はチェーン店だ。残る一軒……ハモニカ横町に古くからあるたい焼き屋に行ってみよう」

「承知致しました」

吉祥寺駅北口から徒歩一分。

ハモニカ横町は、戦後の闇市《やみいち》からはじまった商店街だ。

五つの通りから成るこの商店街は、道幅の広々とした明るいサンロード商店街やダイヤ街商店街と比べると、明らかに異彩を放っていた。細くて薄暗い道が、蜘蛛《くも》の巣か迷路のように入り組んでおり、その中に小さな商店が百軒あまり密集している。

そのうちの一軒が千早の言う、たい焼きの名店だった。

果たしてその小さなたい焼き屋の前に、東条と、薄茶色の髪の女性は並んで立っていたのだった。

「東条と夕顔だ」

千早は呟くと、由莉の腕をぐいと引いて、入り組んだ角のひとつに身を潜めた。

由莉は東条と夕顔が化けた女性の姿を観察した。

美男美女で、とても素敵な夫婦に見える。

それにひきかえ自分たちときたら、変装の打ち合わせが不充分だったために、なにか変だった。

通行人に由莉のほうが悪者のデート商法と誤解されかねない。

由莉がそんなことを懸念《けねん》しているうちに、たい焼きを購入したらしい東条と夕顔がこちらに向かって歩いてきた。

由莉と千早は自分たちの気配を消したため、気づかれることはなかった。

「次はどこへ行くんだ？　追うぞ、新藤！」

「はい！」

『待て！』

「どうした、豆大福！」

『俺もたい焼き食いてぇ！』

豆大福がうるさいので、千早はしぶしぶといった様子でたい焼きを三つ買った。

日曜日の吉祥寺の風景に溶け込む仲良しカップルに見えるよう、千早と由莉はたい焼きを食べながら尾行を続けた。

豆大福も、由莉のバッグの中でぽろぽろと食べかすを零しながら『うめぇうめぇ』と言ってたい焼きを頬張っている。

確かにうまかった。

羽根つきで外はさくさくとして香ばしく、中には餡子《あんこ》がたっぷり入った絶品である。

二十メートルほど前方では、東条と夕顔が、井の頭《いかしら》公園方面に向かって歩いている。

『井の頭公園なんか行ったら破局すんぞ』

豆大福が、いきなり不穏なことを言った。

『あそこの弁天様、よくその辺をうろうろしてるから挨拶《あいさつ》すんだけどよ、いつもカップルを見つけては『リア充なんて爆発すればよいのですわ！』ってぷんすか怒るんだよ。見た目は織姫《おりひめ》様か乙姫《おとひめ》様かと見まがうぐれぇの美少女なのにカップルには容赦《ようしゃ》ねぇぞ。お由莉も彼氏できたら、デートで井の頭公園のボートにだけは乗んねぇようにしな』

「まあ。弁天様って、美少女なのね。わたしもいつかお会いしてみたいわ」

『あ、そうか？　弁天様は赤と白のボーダーで有名な漫画家並みに遭遇率たけぇぞ』

井の頭公園のボートにカップルで乗ると破局する、というジンクスは由莉も知っていた。が、信じてはいなかった。なぜなら由莉の両親の初デートの場所が井の頭公園で、大恋愛の末に幸せな結婚をしたというのだから。

（うちは貧乏だけど、写真の中のお母さんはいつもお父さんと幸せそうに笑っていたわ）

しんみりとそんなことを考えていると、

「新藤、信号がチカチカだ！　見失う！　走れ！」

千早がいきなり叫び、由莉の手を摑んで横断歩道をダッシュした。由莉はもうどこからツッコミを入れたらいいのかわからなくて、ただ千早に引っぱられていった。

吉祥寺通りに沿って公園方面に向かっていった東条と夕顔だったが、彼らの目的は公園ではなく井の頭動物園のほうだった。チケット売り場で入場券を買っている。

「俺たちも行くぞ」

「はい」

『俺、ぞうのハナ子さん見たい！』

「構わないよ。どうせあのふたりもハナ子さんは見るだろうからね」

由莉も同感だった。井の頭動物園でぞうのハナ子を見ずして何を見る、と言ったらちょっと言い過ぎだが、ぞうのハナ子は吉祥寺の象徴的存在といっても過言ではなかった。

駅前の商業施設のカフェやパン屋などでは、しばしばぞうのハナ子さんのアイシングクッキーが飾られたケーキや、ぞうのハナ子さんをかたどった可愛いパンが販売される。

井の頭動物園では、モルモットとの触れあいコーナーで豆大福がモルモットにまぎれて一時的に行方不明になった小事件を除けば、これといってなにも起こらなかった。

動物園のあとは、公園をぐるりと見てまわる。

由莉と千早は途中途中で木の陰に隠れながら、一定の距離を保ってふたりを追った。

井の頭公園は紫陽花《あじさい》が見頃だった。

早朝まで小雨が降っていたせいか、青や薄紫の花々に、水の粒が光っている。

ふたりは問題のボートには乗らず、紫陽花や紅《くれない》の凌霄花《のうぜんかずら》を見つけては、ふたりで微笑みあっていた。

（夕顔はやっぱり東条さんに恋をしているわ）

東条を見つめる夕顔の瞳は穏やかで、心から幸せそうに笑っているのが二十メートル後方からでもわかる。彼女の表情に、ときおりほんの少し、切なそうな影がさすのも。

東条の気持ちはどうなのだろう。

千早は、東条は妻の正体が夕顔であることに気づいているだろうと推測していた。

けれど東条もまた妻の姿をした夕顔に、愛おしげなまなざしを向けるのだ。

そこには恋愛感情が籠められているのか、もっと別の感情があるのか、由莉にはわからなかった。

ゆるやかな歩調で公園を一周したふたりが次に向かったのは、吉祥寺の東急裏《とうきゅううら》と呼ばれるエリアだった。

大正通《たいしょうどお》りを西に進み、ふたりはやがて一軒のお店に入っていった。

青い屋根が可愛い店先には、青地に黄金の十字が染めぬかれたスウェーデンの国旗が掲《かか》げられている。北欧料理のお店のようだ。入り口の前に置いてある小さな黒板には、本日のコースのメニューが書かれている。

にしんのマリネにカキのグラタン、仔鹿肉のロースト、トナカイの赤ワイン煮込み……文字を眺めているだけでお腹が空いてくる。

「新藤。俺たちも入るぞ」

『いよっ、紫季、太っ腹！』

「ごちそうさまです、社ちょ……」

言いかけて、由莉は言葉を切った。隅っこのほうに、土日は要予約と書いてあった。

この三人の中に予知能力者はいなかったので、むろん誰も予約していなかった。

「……仕方がない。張り込もう」

長い沈黙を破って、千早が言った。

「新藤。近くにコンビニがあっただろう。昼食になりそうなものを買ってきてくれ」

例によって万札を握らされた由莉は「承知致しました」と言うと、豆大福をともなってコンビニまでひとっ走りした。

そしてあっという間に買い物を済ませて帰ってきた。

コンビニの袋の中をあらためた千早は、思いきり顔をしかめた。

「なんなんだこのわけのわからないチョイスは！　しかもまた餡子か！」

「張り込みといったら、あんパンと牛乳と相場が決まっているでしょう」

由莉はあんパンと牛乳を豆大福に渡しながら言った。

千早は「知るか！」などと文句を垂れていたが、空腹には勝てなかったらしく、結局あんパンの袋を開けた。あんパンと牛乳で空腹はおさまったものの、由莉は張り込みの過酷《かこく》さをはじめて身をもって知った。

とにかくすることがないのだ。

三人はしりとりをしたり、「いまから英語以外喋るの禁止」ゲームをしてみたり（その瞬間みんな無言になった）、わびしい工夫を凝らしながら、二時間近くも灰色の曇り空の下に突っ立っていた。

しばらくすると、客席がある二階から階段を下りてくる足音とともに、東条と東条の妻の話し声が聞こえてきた。

千早は由莉の腕を摑むと、素早く電信柱の後ろに隠れた。

東条とその妻に扮した夕顔は手をつなぎ、大正通りを駅の方面に向かって歩きだした。

もう少しデートしてから帰ると思ったのだが、東条と夕顔は大正通りの突きあたりで、駅とは反対方向の武蔵野八幡宮に向かう角を曲がった。

東条の屋敷がそのあたりなので、もう帰るのだろう。

病みあがりの東条に、夕顔が配慮したのかもしれない。

由莉と千早は引き続き尾行した。

普通のデートだったのでいまからなにか大事件が起こるとも思えないのだが、千早はこうなったら最後まで尾行を続けようと言った。

『え〜、もう帰って煎餅でも食おうぜ』

と豆大福が文句を垂れたとき、由莉の鼻先に雨が一滴、落ちてきた。

それからすぐに、パラパラと雨が降りだした。

由莉がバッグに手を突っ込んで折り畳み傘を探している間に、隣で千早は真っ黒な傘をパッとひらいた。

(お、折り畳み傘がない。そうだ、今日はいつもと違うギャル風バッグで来たから)

もたもたしているうちに、雨はどんどん勢いを増してくる。

由莉は千早に言った。

「社長、すみません。わたしは不覚にも傘を忘れました。あそこに見えるコンビニで傘を買っていってもよろしいでしょうか」

「だめだ。そんなことをしている間に見失うだろう」

この中でいちばん尾行に熱くなっている千早は由莉の腰をぐいと引き寄せると、なかば無理やり黒い傘に入れた。

彼がほのかにまとう水仙《すいせん》の香りがはっきりとわかるくらい身体が密着する。

千早の吐息を感じるほどに近い。千早に手を握られようが腕を摑まれようが動じなかった由莉だが、これにはさすがに頬が熱くなった。

「い、いいですいいです！　社長が濡れてしまいますから！　わ、わたしっ、雨漏りとかそういうのには昔から慣れてて頑丈で……っ」

「うるさい！」

千早は由莉を一喝して黙らせると、迷惑そうな顔をして由莉を見おろした。

「この繁忙《はんぼう》期に風邪でもひかれたら、俺が困るんだよ」

千早の頭にはもはや尾行のことしかないのだろう。

彼は逃がすまいとして由莉の肩を抱き寄せると、まっすぐに前を向いて歩きだした。

由莉はこれしか変装セットがなかったとはいえ、露出度の高い服を着てきたことを猛烈に後悔した。

あらわになった肩に千早の手のひらの感触がじかに伝わってくる。

滑らかなのにごつごつしていて、そして熱い……。

（こ、これは相合傘なの……？　いや、豆大福もいるし違う！）

由莉は勢いよく首を振ったが、彼の熱からも、清廉《せいれん》な花の匂いからも逃《のが》れられない。

（もういや！　なんでこんな変な人にドキドキしてるの、わたし……！）

由莉は思わずぎゅっと目を閉じた。

そのとき。

「ああ、やっぱり倒れた」

平坦な声で千早が呟いた。

え、と思って目を開けた由莉の視界に飛び込んできたのは、立ち尽くす東条の後ろ姿と、その足もとでぐったりとした、小さな黒猫の姿だった。

「妖力を使い果たしたんだ。行こう」

千早の声に由莉は普段の調子を取り戻して強く頷き、ふたりのもとへ駆け寄った。


……あたし、このまま死んじゃうのかな、と、夕顔は薄れゆく意識の中で思った。

馨に元気になってほしくて、とっさの思いつきで、奥方様の姿に変化《へんげ》した。

そうしたら、馨が優しく抱きしめてくれて。

夜は一緒のお布団に入れてくれて、そっと髪を梳《す》いてくれて……。

たとえ馨には自分が奥方様にしか見えていなかったのだとしても、彼に触れられているうちに、まるで自分が愛されているような錯覚を起こした。

その幻想があまりにも甘くて、幸せだったから、欲をかいてしまったのだ。

(だけど、夢が叶ってよかった)

いちどでいいから、恋をした人とデートをしてみたかった。

馨と一緒に可愛い動物や、綺麗なお花を見て、おいしいお魚料理を食べて、今日は本当に楽しかった。

これで死んでしまうのだとしても、本望だ。

心残りは忌部先生にツケを返せていないことと、姉の朝顔を残して死ぬことだけど。

……それからずっと、不思議に思っていたことがある。

（馨はあたしを奥方様だと思っていたはずなのに、手をつなぐ以上のことをしてこなかった。『牡丹灯籠《ぼたんどうろう》』みたいに、死者とまじわったら死んでしまうと思ったのかな……）

パサ、と音がした。

馨が、さしていた傘をとり落としたのだろう。

……ああ、あたし。かえって馨の悲しみに拍車をかけてしまったかもしれない。

馨は自分の前に現れた妻の正体があたしだと知って、さぞや失望したことだろう。

（ごめんなさい、馨……）

夕顔は雨に打たれながら、涙を零した。

そのとき、身体が大きな両手に包まれて、抱き上げられるような感覚がした。

「やっぱりお前だったんだね、夕顔」

耳元で、馨の優しい声が響く。……これは幻聴なのだろうか？

「舞衣がもう帰ってこないことは、ちゃんとわかっていたんだよ」

夕顔はかすかに口をひらき、声を振り絞った。これだけは、言わなきゃならなかった。

『……あたし……馨が好き。あなたに出会えて、幸せだったの……』

「俺も、とても幸せだったよ」

夕顔は自分の冷え切った頬に、柔らかくて、あたたかなものが触れたのを感じた。

(はじめて、口づけされた……)

夕顔の意識は、そこで途切れた。


夕顔が目を開けると、たくさんの花が見えた。

紅白《こうはく》の梅に、枝垂《しだ》れ桜。柳に桃に藤の花。牡丹、桔梗《ききょう》、萩《はぎ》、薄《すすき》、女郎花《おみなえし》に紅葉。

(四季折々の花がいちどきに咲いている。ということは、ここはあの世か仙境《せんきょう》か)

ぼーっと百花《ひゃっか》を眺めていると、

『夕顔、よかった。気がついたのね……！』

耳によくなじんだ、高く透き通った少女の声がした。

夕顔はそのとたん、意識がはっきりとした。

夕顔の身体は寝台の上に横たえられていた。

西洋風のベッドではなく、奈良か平安時代の高貴な人がやすんでいたような寝台だ。

首をめぐらすと、寝台の横の椅子に白い少女——ふたごの姉の朝顔が座っていた。

朝顔は白猫ではなく、アルビノなのだ。

雪のように真っ白なおかっぱ頭にぱっつん前髪、白い猫耳。紅玉のように澄んだ紅い瞳を潤ませて、夕顔の顔を覗きこんでいた。

『朝顔。玉兎堂を抜け出してきたの？』

『違うよ夕顔。ここが玉兎堂なんだよ』

ほら、と言って朝顔は天井を指差した。

夕顔が起きがけに見た鮮やかな色彩の花の数々は、お寺の本堂で見るような天井画だった。天井一面が小さな正方形で仕切られており、そのひとつひとつに異なる花が描かれているのだ。

妖怪を診《み》る診療所、玉兎堂は平安時代のはじめから続いている。

その建物は長い歴史の中で一部焼失したり、建物そのものが京都から東京に移ったりしてきたが、内装の一部は修繕を繰り返しながら当時のまま残されているという。

病室の天井画もそのひとつだ。

確か朝顔の個室には紅鶴《とき》に瑠璃《るり》に翡翠《かわせみ》など、美しい鳥の絵がたくさん描いてあった。

『道理で見覚えがあると思った。あたしはてっきり棺桶《かんおけ》の中にでもいるのかと思ったよ』

「棺桶の一歩手前だったけれどね」

低く苛《いら》立った声で言って、ぬっと夕顔の顔を覗きこんできたのは千早紫季だった。

なぜか今日は爽《さわ》やかな服装で、眼鏡男子になっている。

「社長。お小言はあとにしませんか。もう少し夕顔をやすませてあげましょう」

爽やかな千早の隣には、豆大福を抱いた、茶髪の巻き髪の新藤由莉がいる。いつになく派手で、身体の線がくっきりと出た、やたらと露出度の高いワンピースを着ていた。

（……お由莉め、ただ細っこいだけかと思いきや、出るとこは出てるじゃない……）

夕顔が自分の胸に触れてむなしい気持ちになっていると、追い打ちをかけるように千早の怒声が飛んだ。

「お前は馬鹿か！　あと少しで妖力を使い果たして死ぬところだったんだぞ！」

『そんな怒鳴らなくたっていいじゃない。だいたいなんであんたたちがここにいるのさ』

「夕顔。そんな失礼な態度をとるものじゃないよ」

穏やかな口調で夕顔をたしなめたのは、病室の隅に控えていた馨だった。

こちらに歩み寄ってくる美しい彼の姿を見て、夕顔は紅くなった。

『か、馨……！』

夕顔は彼の顔がまともに見られなくて、目のあたりまで布団を引きあげてしまった。

朝顔は夕顔の挙動になにかを察したのか、さりげなく自分の位置を馨に譲った。

馨は夕顔の傍に立つと、簡単にいきさつを語った。

「お前が倒れたとき、たまたま近くを通った千早さんと新藤さん、それにええと、豆大福さんがお前をここまで連れてきてくれたんだよ」

『……ふうん。たまたま、ね……』

この人たち、格好が変だし、あたしたちのデートを尾行してたんじゃないかしら。

『考えすぎかしら……』と夕顔がひとりでぶつぶつと呟いていると、千早が言った。

「いま、忌部先生と彼のふたごの子供たちが、薬房でお前のために愛を込めて死ぬほど苦い薬を煎じてくださっているそうだよ。よかったね」

『よかったわね、夕顔。忌部先生のお薬は苦いけれど、とてもよく効くのよ』

朝顔の言葉は純粋そのものだったが、千早の言葉には陰湿《いんしつ》な悪意が籠められている、と夕顔は思った。

そんな千早は夕顔を見おろして薄く笑うと、

「では、あとはクライアントの東条さんと、弊社の派遣スタッフである夕顔、ふたりの間で今回の問題についてじっくりと話し合っていただくことにしよう」

と言って、由莉と朝顔、それに豆大福をともなって、病室を出ていった。

(紫季のやつ、気を利《き》かせてくれたのかしら。意外と粋な男ね)

彼らの背中を見送りながら夕顔は思ったが、馨とふたりきりなのだと思ったら、なんだか急に緊張してしまった。でも沈黙しているのも気まずいし……と、夕顔は思い切って、さっきから気になっていたことをいきなり彼に訊ねた。

『いつからあたしが奥方様じゃなくて、夕顔だって気づいていたの』

「わりとはじめからかな。この書き置きはさすがに雑すぎるよ」

馨は苦笑すると、ポケットから一枚の紙の切れ端を取り出した。

――旦那様へ。しばらくのあいだバックれます。探さないでください。夕顔より

夕顔はぱっと頬に朱を散らした。言われてみれば雑というか、適当すぎた。

『で、でも、馨だってちょっとは信じたでしょ?』

「……まぁ正直、お前が卵のおかゆを作ってくれたあの朝だけは、さすがに意識が朦朧としていて、舞衣が帰ってきたと思ってしまったけれどね」

『……奥方様じゃなくて、がっかりした?』

「いや。お前がまた突然消えてしまったなら、がっかりしたとは思うが」

『……また？』

夕顔がきょとんとすると、馨は「なんだ、憶えていないのか」と残念そうに言った。

「俺たちはお前が家政婦としてうちに来る前に、いちど会っているんだが……」

『お、憶えてるよ！　馨があたしを救ってくれた日のこと、忘れるわけないよ！』

だってだって、それがきっかけで、あたしはあなたに恋をしたんだもの！

勢いで口にしかけてしまった言葉をなんとか飲みこんでいると、馨が小声で言った。

「俺を救ってくれたのはお前のほうだよ」

『え？』

「あの日、俺は舞衣の葬儀の帰りだったんだ。喪主《もしゅ》としてのつとめを果たしたとたん心に大きな穴が空いた。ふいに、生きていることになんの意味も感じなくなった。……会社の後継は弟に任せて、俺も舞衣のもとに行こうかと、ぼんやりと思いながら歩いていた」

でも、と、馨はかすかに微笑んで、夕顔の頬に触れた。

「尻尾がふたつ生えた小さな黒猫が悪そうな猫にいじめられているのを見たとき、なぜか『こいつを助けてやるまでは死ねない』と思ったんだ。庇護《ひご》欲というのか、よくわからないが。でも結果的に救われたのは俺のほうだった。冷たいベッドの中でお前を抱きしめているうちに、気持ちが少しずつ落ち着いていったんだ。あんなにぐっすりと眠れたのは、舞衣を亡くしてからはじめてだった。ひょっとすると舞衣が俺とお前を引き合わせてくれたのではないかとさえ思ったよ。……それなのにお前ときたら、翌朝には忽然《こつぜん》と姿を消してしまって。あのときばかりは、猫の気まぐれにもほどがある、と呆れたものだ」

『だ、だって……』

「でも、もういいんだ。こうしてお前と再会できたから」

『あたしがただの猫じゃなくて、妖怪でもいいの？』

「妖怪でもいい」

『奥方様にはそんなに頻繁《ひんぱん》に変化《へんげ》しなくてもいい？』

「むしろするな。お前が倒れて俺がどれだけ心配したと思っているんだ。お前はそのままの姿でいいんだ。だから……」

馨はあらたまった口調で続けた。

「お前さえよければ、これからもうちで働かないか。できれば、住み込みで。お前が家で待っていてくれるなら、俺はちゃんと毎晩家に帰るよ」

『ほんと？』

「本当だよ」

『じゃあ、じゃあついでにあたしのわがまま、もうひとつ聞いてくれる？』

「構わないよ。……なんだ？」

『朝顔が退院したら、朝顔も一緒におうちに置いてくれる？』

「……そんなことか。もちろんいいよ。ひとりもふたりも一緒だ」

一匹、じゃなくて、ひとり、って言った。

夕顔は、火照《ほて》った自分の頰に手をあてた。

（馨の馬鹿。馬鹿。そんなこと言ったら、期待しちゃうじゃない……）

もしかしたら、馨もいつかはあたしを女として見てくれるかも、なんて。


朝顔は身体が弱いので、夕顔の病室を出るとすぐに自分の個室に戻っていった。

──が。それ以外の面々は、夕顔の病室の扉のわずかな隙間から、トーテムポールのように顔を縦《たて》にずらりと並べて、病室内でのやりとりを盗み見ていた。

下から豆大福、由莉、千早。千早の頭の上には爆弾おにぎりに顔を描いて黄色い烏帽子《えぼし》を載せ、三本足をくっつけたような、手のひらサイズのまん丸の烏がとまっている。

夕顔たちの間で契約続行の話がまとまったのを見届けると、千早がそっと扉を閉めた。

『よかったよかった、これで一件落着ってやつだな』

嬉々《きき》としてそう声を発したのは、爆弾おにぎりに羽がついたような丸い烏だった。

由莉は千早の頭の上に当たり前のような顔をしてとまっている烏を感慨深い思いで見つめた。――やっと会えた。ちょくちょく千早と妖怪たちとの会話の中に名があがっていた、玉兎堂診療所の看板妖怪、黒護摩に。

由莉は吉祥寺の一角に佇むこの診療所に来てすぐに、黒護摩と自己紹介を済ませていた。聞けば黒護摩は、いまから一二〇〇年ほど前、玉兎堂がまだ平安京《へいあんきょう》にあった時分からこの診療所のお手伝いをしてきた、元祖働く妖怪なのだそうだ。

玉兎堂がそんな大昔から先祖代々妖怪の診療や薬の調合をおこなってきたというのも驚くべきことだが、平安時代から薬の配送サービス――黒護摩便《びん》というらしい――を続けている黒護摩もたいしたものだ。

「ふふ。黒護摩さん、夕顔と東条さんが丸くおさまったこと、ご自分のことのように喜ばれるんですね」

なんだか温かい気持ちになって由莉が微笑むと、黒護摩は『おう、あたぼうよ！』と、京生まれのわりには豆大福のような江戸っ子じみた言葉で返してきた。

『惚れちまったら人も妖《あやかし》も関係ねーかんな。俺ぁ長生きしてるぶん、いろんな異類カップルってやつを見てきたが、障害を乗り越えてくっついたやつらを見てると、やっぱ清々《すがすが》しい気持ちになるってもんだ』

「ちなみに、黒護摩さんが見ていらっしゃった中でいちばん大物の異類カップルとは？」

興味を引かれて由莉が訊ねてみると、黒護摩は即答した。

『異類カップルに限定すんならそら鳥羽上皇《とばじょうこう》と玉藻前《たまものまえ》だろーが、俺的史上最強カップルは初代玉兎堂夫妻だな！　なんたって平安初期から続いてる玉兎堂の始祖なんだかんな』

職場への愛が籠もった回答に、由莉はひそかに胸を打たれたのだった。


玉兎堂診療所を出た頃には、もう午後の六時を過ぎていた。

「ついでですから、まかない料理をお作り致しましょうか」

と、折り畳み傘は忘れたくせにタッパーはしっかり持ってきていた由莉が千早に提案すると、千早は「そうしてくれると助かる」と、快く頷いてくれた。

途中で買った食材を厨房に置き、由莉がいったん仕事場にバッグと豆大福を置きにいくと、いつもの席についていた千早が言った。

「ちょっと席に着きなさい」

「え」

なにか怒られるようなことをしただろうか、と思いながら由莉がいつもの癖で千早の隣の席に着こうとすると、「俺の前に座れ」と言われた。

千早の正面の席。そこはいつも、派遣登録にやってくる妖怪たちが座る席だった。なにか張りつめたような空気を感じながら、由莉は命じられるままにその席に座った。

「もうすぐ六月もおしまいだね」

「はい」

「つまりお前がここで働きはじめてから、三カ月になる」

そこまで言われて、由莉は千早がなんの話をしようとしているのかを察した。

千早妖怪派遣會社のアルバイトは、三カ月ごとに契約更新なのだった。

(わたしは、この會社での仕事がとても楽しかったし、やりがいを感じていたわ)

たくさんの妖怪たちとの出会いがあった。

鼻をすりむいた白兎の因幡さんに、ひょうきんな河童《かっぱ》の隅田川《すみだがわ》さん。

バイトテロを起こした九十九神の豆大福に、実は妖怪だった大家さん。

英国貴婦人のような山姥さんに、猫耳美少女の朝顔、夕顔姉妹、爆弾おにぎりのように丸い黒護摩……。

ときに笑い、ときに傷ついたりしながら、仕事を通じて懸命《けんめい》に人の社会で生きていこうとする彼らと関わったことは、由莉にとってかけがえのない財産となった。

(わたしは、もっと……このお仕事を続けたい)

はじめは金と食べ物目当てだったけれど、いまは違う。

由莉は妖怪たちのことが大好きになっていたし、妖怪と人を結びつけるこの仕事に思い入れができてしまった。

けれど、千早はどうだろう。

（わたし、社長に失礼な発言もたくさんしたし、結構喧嘩もしたような……）

由莉はおそるおそる、千早の顔を見つめた。

彼もまた、淡い黄金《きん》色の目で由莉を見ている。

机の上に載った豆大福もさすがにただならぬ緊張感を察したのか、おろおろしたように由莉と千早の顔を見比べていた。

この長い沈黙はなんなのだろう。

千早はいまから言いにくいこと――つまり自分に契約打ち切りを言い渡そうとしているのだろうか。

由莉は俯き、できるだけ冷静になろうとした。

（いっそ自分から沈黙を破り、ここで働き続けたいという熱意をお伝えするべきかしら）

そうよ。こういうときくらい、素直にならなくちゃ――。

そう思って由莉が口をひらいたのと、千早が声を発したのはほぼ同時だった。

「あ……、あの社長っ！」

「お前の働きぶりは……」

「は、はい。どうぞ、なんでしょう」

声が重なってしまったので、由莉は千早に譲った。じっと下を向いて沙汰《さた》を待つ。

やがて由莉の耳に、千早の落ち着いた声が触れた。

「悪くなかったよ。俺に対する態度はちょくちょく悪かったけれどね」

「そ、それは社長がいちいち癪《しゃく》に障《さわ》るようなことをおっしゃったからで……っ」

由莉は反論しかけて、慌てて口を押さえた。

ここで働き続けたいのに、どんどん自分の立場を悪くしてどうするのだ。

またひと呼吸の間を置いてから、千早は俯く由莉に、ゆっくりと言った。

「……契約を更新しないか。俺としては、もう少しお前にここにいてほしいのだが」

由莉は驚いて顔を上げ、そしてまたさらに驚いて目を見ひらいた。

千早は——なんと、かすかに赤面していた！

（ガラにもなく素直なことをおっしゃったからだわ）

由莉はぷっと噴き出しそうになるのをこらえて、千早に微笑みかけた。

「はい、喜んで。社長」

そのとたん、豆大福が『やったー！』と万歳した。
『これからもお由莉のうめぇ飯が食えるなら万々歳だぜ！』
可愛いことを言ってくれる。
次のまかないには、豆大福の好物の苺のお菓子をつけてあげよう。
千早のにんじん嫌いは、自分がここにいる間に克服させなければ。
もうすぐ梅雨が明けて、いよいよ本格的な夏がやってくる。
この夏は、どんな素晴らしい妖怪や、人々との出会いが待っているのだろう。

参考文献

『妖怪談義』柳田國男（講談社）
『説経節』荒木繁　山本吉左右　編注（平凡社）
『子別れのフォークロア』本田和子（勁草書房）
『安倍晴明伝説』諏訪春雄（筑摩書房）
『虫の文化誌』小西正泰（朝日新聞社）
『古今和歌集』佐伯梅友　校注（岩波書店）
『江戸東京たてもの園　解説本』（東京都歴史文化財団）

※この作品はフィクションです。実在の人物・団体・事件などにはいっさい関係ありません。

集英社オレンジ文庫をお買い上げいただき、ありがとうございます。
ご意見・ご感想をお待ちしております。

● あて先
〒101-8050　東京都千代田区一ツ橋2-5-10
集英社オレンジ文庫編集部 気付
長尾彩子先生

集英社
オレンジ文庫

千早あやかし派遣會社

2015年12月22日　第1刷発行
2017年12月12日　第4刷発行

著　者　長尾彩子
発行者　北畠輝幸
発行所　株式会社集英社
〒101-8050東京都千代田区一ツ橋2-5-10
電話【編集部】03-3230-6352
【読者係】03-3230-6080
【販売部】03-3230-6393（書店専用）
印刷所　図書印刷株式会社

※定価はカバーに表示してあります

ISBN 978-4-08-680053-2 C0193

コバルト文庫　オレンジ文庫

「ノベル大賞」

募集中！

小説の書き手を目指す方を、募集します！
幅広く楽しめるエンターテインメント作品であれば、どんなジャンルでもＯＫ！
恋愛、ファンタジー、コメディ、ミステリ、ホラー、ＳＦ、etc……。
あなたが「面白い！」と思える作品をぶつけてください！
この賞で才能を開花させ、ベストセラー作家の仲間入りを目指してみませんか⁉

大賞入選作

正賞の楯と副賞300万円

準大賞入選作

正賞の楯と副賞100万円

佳作入選作

正賞の楯と副賞50万円

【応募原稿枚数】

400字詰め縦書き原稿100〜400枚。

【しめきり】

毎年1月10日（当日消印有効）

【応募資格】

男女・年齢・プロアマ問わず

【入選発表】

オレンジ文庫公式サイト、WebマガジンCobalt、および夏ごろ発売の文庫挟み込みチラシ紙上。入選後は文庫刊行確約!
（その際には、集英社の規定に基づき、印税をお支払いいたします）

【原稿宛先】

〒101-8050　東京都千代田区一ツ橋2-5-10
（株）集英社　コバルト編集部「ノベル大賞」係

※応募に関する詳しい要項およびWebからの応募は
公式サイト（orangebunko.shueisha.co.jp）をご覧ください。